LA STAGIONE

la Stagione

Alessio Forgione, *Giovanissimi*

Jessica Andrews, *Acqua salata*

Tristan Garcia, *La parte migliore degli uomini*

Anna Siccardi, *La parola magica*

Jenny Offill, *Tempo variabile*

Liz Moore, *I cieli di Philadelphia*

Antonio Franchini, *Il vecchio lottatore*

Roberto Camurri, *Il nome della madre*

Chiara Marchelli, *Redenzione*

Howard Owen, *Oregon Hill*

David James Poissant, *Vita sul lago*

Mary Ruefle, *La mia proprietà privata*

Kent Haruf

La strada di casa

Anna Siccardi

LA PAROLA MAGICA

NN5

www.nneditore.it

Dedicato a tutti quelli che stanno tornando.

I DODICI PASSI

PRIMO
Abbiamo ammesso di essere impotenti di fronte all'alcol e che le nostre vite erano divenute ingovernabili.

SECONDO
Siamo giunti a credere che un Potere più grande di noi potrebbe ricondurci alla ragione.

TERZO
Abbiamo preso la decisione di affidare le nostre vite e le nostre volontà alla cura di un Potere Superiore, come noi lo concepiamo.

QUARTO
Abbiamo fatto un inventario morale profondo e senza paura di noi stessi.

QUINTO
Abbiamo ammesso di fronte al Potere Superiore, a noi stessi e a un altro essere umano l'esatta natura dei nostri torti.

SESTO
Eravamo completamente pronti ad accettare che il Potere Superiore eliminasse tutti questi difetti di carattere.

SETTIMO
Gli abbiamo chiesto con umiltà di eliminare i nostri difetti.

OTTAVO
Abbiamo fatto un elenco di tutte le persone cui abbiamo fatto del male e siamo diventati pronti a rimediare ai danni recati loro.

NONO
Abbiamo fatto direttamente ammenda verso tali persone, laddove possibile, tranne quando,

così facendo, avremmo potuto recare danno a loro oppure ad altri.

DECIMO
Abbiamo continuato a fare il nostro inventario personale e, quando ci siamo trovati in torto, lo abbiamo subito ammesso.

UNDICESIMO
Abbiamo cercato, attraverso la preghiera e la meditazione, di migliorare il nostro contatto cosciente con il Potere Superiore come noi lo concepiamo, pregandolo solo di farci conoscere la sua volontà nei nostri riguardi e di darci la forza di eseguirla.

DODICESIMO
Avendo ottenuto un risveglio spirituale come risultato di questi passi, abbiamo cercato di portare questo messaggio ad altri alcolisti e di mettere in pratica questi princìpi in tutte le nostre attività.

LA PAROLA MAGICA

PRIMO

Minibar

Il campanello suonava da sempre, o così parve a Leo, strappato a un sonno breve nella luce sinistra della stanza.

È in arrivo un temporale, pensò. In realtà era solo la coltre che avvolge i grattacieli di Tokyo sopra una certa quota, ma da lì, dal trentaquattresimo piano del Fujiza Tower Hotel, era davvero difficile esprimersi sul meteo e su tutta una serie di cose.

Un'imitazione arancione della Tour Eiffel occhieggiava dalla finestra.

Un'altra doppietta e un'altra ancora.

Scivolando fuori dal letto, Leo si frugò nella mente alla ricerca di qualche frammento della sera prima, ma l'intera nottata gli appariva come un parabrezza sfondato. Gli ci vollero tre metri di corridoio per ridare forma al dramma in cui si era infilato, e mentre si avvicinava alla porta vide chiaramente la propria gola squarciarsi e sboccare sangue. I soldi di Juzy. La roba di Juzy.

«*Sir*...».

Voce di donna. Leo aprì la porta e lentamente si compose l'immagine nitidissima di una ragazza in giacca rossa e cravatta nera. Una specie di manga porno-soft con una frangia nera e definitiva, più o meno sorridente, o forse no. La semantica dei volti orientali gli sfuggiva sempre. Dopo essersi qualificata come concierge in un inglese encomiabile, gli ricordò che i suoi amici lo aspettavano nella hall ormai da due ore, e che adesso era davvero, davvero il momento di lasciare la stanza.

Leo schiuse le labbra per dire qualcosa di sensato ma tutto ciò che gli uscì fu un: «*Of course*» così gutturale e profondo da spaventare entrambi. Aveva fumato tantissimo, questo era il primo indizio cristallino della sera precedente. Tentò di alleggerire l'atmosfera sorridendo, accompagnò la porta con un gesto ampio con cui avrebbe voluto suggerire una perfetta padronanza di sé, ma non riuscì a richiuderla perché il manga la teneva aperta con un piede minuscolo.

«*They told me to wait for you*».

Cristo.

«*How many are they?*».

Il manga usò le dita, unghie corte laccate di rosso, e aprì un tre a ventaglio.

Leo si voltò di netto, con una grazia assurda nella risacca totale, e ripercorse il corridoio tastandosi il torace, progressivamente risucchiato da una specie di panico. Non c'era alcuna via di fuga, gli uomini di Juzy non sarebbero andati via a mani vuote, e in mancanza di soldi o coca avrebbero preso un pezzo a caso del suo corpo.

Deviò in bagno e aprì il rubinetto cercando conforto nello scorrere dell'acqua. Funzionò, per qualche secondo: l'acqua scorreva come sempre, come ovunque. Era la stessa acqua che lavava i denti dei bambini prima della scuola, la stessa acqua che risciacquava le chiome luccicanti delle ragazze. Leo la guardava scorrere e non sapeva cosa farsene. *Potrei restare chiuso qui per sempre*, pensò, ma poi si guardò nello specchio e si sentì in pessima compagnia. Il labbro inferiore era tumefatto, virava al rosso lacca come le unghie della ragazza. L'incisivo destro era scheggiato, anzi più che scheggiato rotto, e quello spicchio di buio in mezzo al sorriso sfigurava tutta la faccia. L'idea di aver ingoiato il pezzo mancante gli diede la nausea.

Continuò a studiarsi, cercando nuove tracce delle ultime ore, ma l'insieme suggeriva una storia che Leo non voleva sentire. Il ricordo di Anna lo assalì come una fitta dolorosa. Lei aveva amato davvero quel viso: l'avrebbe saputo aggiustare? E Davide, il suo amico di sempre, cosa avrebbe fatto al suo posto?

Uscì dal bagno mimando disinvoltura per la sua unica spettatrice e chiedendosi se il manga avesse anche solo una vaga idea di cosa gli fosse successo nelle ultime ventiquattro ore. Forse poteva prenderle le mani e chiederglielo. Le avrebbe detto che era lì per sbaglio, che un viaggio in Giappone gli era sembrata un'idea brillante, anche se il suo psichiatra l'aveva liquidata come l'ennesima fuga geografica. Allora le avrebbe chiesto quali altri tipi di fuga esistono e magari lei gliel'avrebbe saputo dire. Era una custode, in fondo, non avrebbe dovuto custodire anche lui?

Tutto solo con il suo stupido panico, Leo afferrò il borsone malconcio che giaceva ai piedi del letto e iniziò a buttarci dentro le prime cose che trovava, spostandosi sempre più di lato per uscire dal campo visivo della ragazza e raggiungere il telefono.

Mentre componeva il numero, lentissimo per non sbagliare, ringraziò di cuore l'usanza giapponese che impedisce a tre uomini butterati di salire in camera di un occidentale rientrato all'alba, anche soltanto per evitare che sfascino tutto come grandi rock star.

Stephan rispose al millesimo squillo.

«Steph, ho bisogno di roba, subito. O di contanti».

«Daccapo».

«Ho perso i soldi di Juzy. O me li hanno fottuti».

«Li hai persi o te li hanno fottuti?».

«Ci sono tre dei suoi che mi aspettano giù».

«...».

«E la concierge sulla porta, per dirti».

«Io non ho niente, Leo».

«Steph, non scherzare. Questi mi ammazzano».
«Quanto gli devi?».
«Ventimila».
«Però anche tu, metterti a fare il mulo dei giapponesi, cazzo! Siamo in Giappone, la droga se la comprano da soli, ti pare?».
«Era per il suo compleanno. Juzy mi ha chiesto un favore».
«Non poteva mandare uno dei suoi?».
«L'ha chiesto a me. Aiutami, no?».
«E quanti anni ha compiuto?».
«Stephan».
«Non saranno ventimila, ma vediamo. Ti chiamo».
Leo riagganciò con gli occhi fissi sulla cornetta. Un'ora, due al massimo, e Stephan lo avrebbe trascinato fuori da quel casino. Doveva solo prendere tempo.

Riflessa nello specchio di fronte al letto vide la concierge appoggiata allo stipite della porta, tutta presa a digitare messaggi fulminei su un telefono piccolissimo. La guardò fermarsi in attesa di un trillo di risposta e oscillare piano da una gamba all'altra.
Leo si ricordò di non aver cenato. In compenso aveva bevuto come un suicida in un bar di Shinjuku pieno di neon, aspettando la telefonata di Juzy con le indicazioni per una festa. Ormai era sempre così, con i bicchieri: uno era troppo, dieci non erano abbastanza. Ma qual era il bicchiere cruciale, quello dello scollinamento? Negli ultimi tempi se l'era chiesto spesso, purtroppo sempre a cose fatte. Pensò a Stephan, che sembrava non perdere mai il controllo. Certe persone possono bere, fumare, farsi di coca o di chissà cosa, ma solo ogni tanto e riuscendo comunque a tenere insieme vite in apparenza normali. «È un dono che si perde una volta sola e per sempre» gli aveva detto Davide. Leo l'aveva

perso e si sentiva molto sfortunato per questo, ma anche un po' più integro.

Tornando alla sera prima, dal bar tutto neon un taxi l'aveva recapitato a casa di qualcuno, una specie di ritrovo di olandesi e inglesi scoppiati. Lì avrebbe dovuto presentarsi al padrone di casa, un olandese di nome Marvel, dargli i soldi di Juzy, prendere il corrispettivo in coca, bere due cose per non sembrare arrotato e andarsene. Punto. Invece, come troppo spesso era accaduto, il cervello gli si era disinnescato ben prima di compiere queste delicate operazioni, e si era ritrovato chiuso in un bagno stretto e giallo con un'anglocoreana apparentemente senza mutande accovacciata nella doccia, che offriva una vasta gamma di droghe a tutti quelli che entravano.

Leo aveva deciso di restare lì a socializzare con la ragazza, anche perché Marvel non c'era, era uscito come fanno sempre gli olandesi, che invitano gente a casa e poi se ne vanno – e comunque aveva tutta la notte davanti.

La ragazza teneva tra le gambe incrociate una scatolina piena di pasticche colorate, dalle tonalità così fiabesche e inoffensive da ricordargli i pastelli dell'asilo steineriano. Leo ne aveva pescata una rosa che sapeva di mandorla, ma anche di polvere e poi di fogna, che lo aveva accompagnato in maniera gentile ma intransigente in uno stato di lucidità parallela, al punto da indurlo a credere che l'anglocoreana fosse una sua cugina neanche troppo lontana e che sarebbero rimasti insieme per sempre: questa scoperta li aveva invasi di autentica meraviglia. Poi il bagno si era riempito di gente e c'era stato un momento goliardico e molto fraterno in cui tutti ridevano forte, tracimato di colpo in un'orrenda rissa. La ragazza nella doccia doveva essere la donna di qualcuno parecchio nervoso e tutti i presenti sembravano essere i suoi migliori amici. Delle ore successive ricordava solo di essersi svegliato a festa finita, su un letto sfatto, con la bocca rotta e senza i soldi né la coca di Juzy.

La concierge si era improvvisamente spinta dentro la stanza e gli si era avvicinata. Era così nitida da sembrare in HD.

«*Can I turn the tv on?*» gli chiese.

A Leo parve una domanda strana ma annuì forte e riprese la messinscena di una fretta che proprio non aveva, infilando due magliette nella sacca.

L'olandese non era mai tornato, evidentemente, e questo aveva insinuato in Leo il dubbio sconcertante di aver sbagliato festa e la certezza di essere troppo fuori per incarichi del genere.

Aveva vagato nell'alba per l'appartamento sfracellato, non c'era nessuno tranne un piccolo cane che dormiva su un divano. Aveva perlustrato il pattume della cucina alla ricerca di acqua, ma aveva trovato solo una birra e se l'era bevuta. Con una serenità psicotica, aveva pensato che recuperare i soldi o la roba per Juzy non fosse poi tanto urgente e che avrebbe sistemato la faccenda nel pomeriggio. Si era sciacquato la faccia, aveva restituito la lattina vuota al macello da cui l'aveva estratta e aveva infilato la porta. Il piccolo cane scodinzolava nel sonno.

Japan-One trasmetteva un torneo di sumo, anche interessante per la magnifica ritualità dei gesti, ma la concierge non sembrava subirne il fascino ed era passata a un talent di ikebana juniores dalle regole incomprensibili, per poi arenarsi su un cartone gotico splatter.

Leo lanciò uno sguardo lascivo al minibar, il suo unico amico nella stanza e forse nel mondo. Pensò ai tre scalzacani di Juzy che nella hall si stavano certamente caricando a sakè

Martini ghiacciato e capì che era arrivato il momento di bere qualcosa.

Chiese permesso alla ragazza, seduta sul bordo del letto proprio davanti al mobile, e tirò lo sportello che si aprì in uno schiocco fragrante e in un prodigio elettrico bianco. Magie da minibar.

«*Sir, I'm sorry, we have to go*».

«*Just a drink*».

La ragazza cambiò la posizione delle gambe e anche canale e si fermò su un documentario sui grandi felini. Non rifiutò una lemon. Leo cercò il whiskey e trovò anche il ghiaccio: quei cubetti gentili, in quieta attesa proprio lì dov'era giusto che fossero, pronti a svanire per lui, gli provocarono qualcosa di simile alla commozione. Un minibar perfetto, un big bang da camera dalle infinite possibilità combinatorie: ad Anna sarebbe piaciuto.

Leo si riempì il bicchiere concentrandosi sulle caviglie del manga: erano esili come piume e lui si ritrovò a chiedersi se in un mondo migliore di questo avrebbe avuto senso provarci.

Bastò un sorso per innescare la detonazione. Uno slittamento, uno sdoppiamento, come se d'un tratto un altro Leo gli fosse accanto a svelargli i misteri della sua esistenza. Al secondo bicchiere era già andato.

In qualche stanza del passato, in qualche altra parte del mondo, era bastato avere il giusto minibar e Anna accanto per sfiorare lo stato di grazia. Nella sua memoria erano tutte stanze vista mare, anche quando il mare era un parcheggio e i tetti delle auto erano dorsi lucenti di delfini che sorvegliavano il naufragio. Ad Anna piaceva immaginare che non fossero le bottiglie a essere piccole, ma loro a essere giganti. E diceva sempre che la loro storia era come un minibar, con il vino per baciarsi e la vodka per odiarsi. O il contrario?

Di colpo gli sembrò che naufragare fosse come baciarsi e odiarsi, che ci volessero almeno due persone per farlo bene. Poteva provare a fare almeno questo, con la concierge: lei doveva solo restare ferma dov'era e lasciarsi guardare. Aveva capelli neri e lisci come quelli di Anna, e inclinando un po' la testa e forzando un po' le cose, la linea delle spalle e la postura, poteva sembrare proprio lei. Anche la finta Tour Eiffel che continuava a fissarlo dalla finestra poteva sembrare quella vera, con un pizzico di fantasia, e invece era un'antenna radio che mandava e riceveva onde invisibili, gli sembrava quasi di sentirle allargarsi nel cielo come cerchi sull'acqua. Arrivavano fino ad Anna? Se la ragazza seduta ai piedi del letto fosse stata lei, le avrebbe detto *Vieni qui*. Lei l'avrebbe ignorato, perché quando guardava la televisione traslocava su un altro pianeta, e allora lui l'avrebbe abbracciata da dietro e trascinata a sé. Lei avrebbe continuato a guardare la tv e lui avrebbe cercato l'impronta perfetta del suo viso tra il collo e la spalla, per raggiungerla sul suo pianeta profumato. *Dammi un bacio*, le avrebbe detto, e lei probabilmente avrebbe detto *No*, oppure *Dopo*, oppure *Aspetta*, ma la sua voce sarebbe stata proprio un bacio.

Però poi la ragazza spostò i capelli di lato con una mossa veloce che non aveva nulla di Anna, e Leo tornò alla realtà: gli uomini di Juzy lo stavano aspettando, Stephan non richiamava, Anna era svanita.

Leo raccolse dal comodino il catalogo promozionale della catena Fujiza Tower Hotel. Una cornice elettronica nera e sottile su cui sfilavano foto di grandi hall scintillanti, giovani coppie in pose tragiche nel tramonto e primi piani di piatti molto tristi: le fotografie del cibo suscitavano immancabilmente in lui uno spleen disperato. E poi bambini a perdifiato su spiagge ultraviolette, madri e padri sullo sfondo, gli accappatoi cifrati, bibite pirotecniche in mano.

Leo rimase immobile a osservare quelle immagini, con la malinconia illogica che si prova per ciò che non si è mai desiderato. Cercò di ricordare una spiaggia come quelle, o una qualsiasi spiaggia, negli anni e nei luoghi scivolati nel passato per sempre, ma non trovò nulla. Per un attimo, la distanza dalla propria vita gli parve siderale, quanto quella tra Milano e Tokyo, tra l'uomo che aveva voluto essere e quello che era diventato, e si sentì improvvisamente perduto, deflagrato nel tempo per troppa leggerezza, troppe bugie, troppa droga, troppe confessioni cristalline snocciolate a perfetti sconosciuti. Lo splendore della giovinezza, la sua, si era frantumato in giorni a perdere pieni di cose che non aveva detto, che non aveva fatto, occasioni d'amore sprecate, telefonate troncate in fretta e alberghi da due lire con minibar pietosi. E mentre la cornice elettronica gli sgranava immagini tra le mani come un rosario, Leo sentì una preghiera sgorgargli dal cuore, una voragine a ritroso fino alle sere di quand'era soltanto un bambino biondo, inginocchiato ai piedi del letto a pregare per cose piccole e giuste, contro paure piccole e giuste, e ci pensò senza capire davvero come quel bambino biondo fosse arrivato fin lì, proprio lì, in quell'istante esatto di una stanza a Tokyo.

«*Sir. You should hurry up*».

La ragazza lo disse senza intenzione, guardava un videoclip di Justin Bieber. Leo pensò a Kurt Cobain. Davide gli aveva detto che si era sparato nello stesso anno in cui era nato Bieber e che lo aveva fatto proprio per quello. Lui ci aveva creduto.

«*I have to call my wife*» disse Leo, stupendosi della facilità con cui ormai mentiva sempre.

Anna non era sua moglie, ma dirlo ad alta voce era come formulare un incantesimo.

Come quando le diceva: «Il mio regno, per un minibar

perfetto!». Lei rideva sempre, e forse se l'avesse chiamata davvero avrebbe riso anche adesso, o forse no. Cos'era accaduto, e in quale momento esatto? Avevano avuto tutto e poi più niente. E guardando indietro da così lontano e da così in alto, a Leo sembrò di vedere tutto, Anna che saliva sulla sua moto per la prima volta, la sera che si erano conosciuti, e poi il loro primo bacio, fuori da quel locale, con i bassi che pulsavano tra le labbra. La prima fuga al lago, la prima notte insieme, la prima volta che si erano sentiti innamorati davvero ed era accaduto nello stesso momento. E poi? Poi era iniziata una strana guerra, una guerra di posizione tra l'amore e l'alcol, tra un Leo e un altro Leo che cresceva a dismisura, Anna sempre lì, ma sempre più piccola, remota nello spazio tra loro che si allargava. E gli fu improvvisamente chiaro che quello che erano riusciti a fare con tutti i loro minibar in tutte le loro stanze era stato solo spostare poco oltre la linea della battaglia, le schiere di bottiglie come eserciti fantasma. Una volta, sdraiati su un letto, avevano guardato la notte schiarire dentro la finestra e avevano visto spuntare l'alba. L'avevano guardata attraverso la bottiglietta che Leo teneva in mano ed erano rimasti così, con una piccola alba che sorgeva tra le dita in un piccolo whiskey: «Il mio regno, per un minibar perfetto!». L'alba cresceva e loro si erano sentiti graziati, di nuovo, a un passo dalla perfezione, troppo ubriachi o troppo ingenui per capire che il loro regno aveva già iniziato a tramontare.

Lo squillo del telefono esplose nella stanza come una bomba.

«Stephan?».

«Quanti anni ha compiuto, lo stronzo?».

«Settantadue».

«Però. Sono qui sotto, ho tutto. Fammi salire».

La vertigine della salvezza investì il cuore di Leo insieme alla prima forte scossa.

Erano le 14.46 di un pomeriggio di marzo quando dall'isola di Honshu, prefettura di Miyagi, a 380 chilometri da Tokyo e a 30 chilometri di profondità, si liberò il più violento terremoto mai registrato in Giappone, piombando sulla stanza di Leo come un animale ingovernabile e cieco, lo stesso animale che avrebbe spostato l'asse terrestre di 17 centimetri.

Tutto iniziò a tremare e a cadere in traiettorie assurde, diagonali, e Leo e la ragazza presero a muoversi verso la porta, come sospinti dal boato crescente in avvicinamento, finché non si ritrovarono schiantati a terra, lui altissimo e lei minuscola, incapaci di rialzarsi.

Il Fujiza Tower Hotel cominciò a ululare forte nei pilastri, oscillando nel sole come uno stelo d'acciaio e trascinando con sé tutto quanto, gli uomini di Juzy e la salvezza, il whiskey con ghiaccio e la lemon, l'anglocoreana e le sue droghe, l'alba intrappolata, i dorsi dei delfini, la cornice elettronica e la malinconia illogica, la commozione appena sfiorata per un minibar perfetto e quel bambino biondo, lontano, sprofondato nel padrenostro di una notte.

Leo pensò fosse la fine, e invece era solo l'inizio.

SECONDO

Pietà

Se l'era immaginata in mille modi diversi, l'Ultima Seduta, tutti mistici.

Un addio come si deve, da stazione ferroviaria sperduta dei romanzi americani, o una cosa pulita, chirurgica, come nei film quando chiudono le telefonate senza dirsi ciao.

Invece hanno già polverizzato trentacinque minuti senza dire una parola, immobili nella stanza con balcone al settimo piano di viale Papiniano. È martedì, giorno di mercato, e dalla strada salgono voci e rumori che rimbalzano tra i loro piedi come palline colorate.

In attesa che la dottoressa dica qualcosa, Irene osserva il panorama oltre la finestra, un paesaggio mandato a memoria, cercando come sempre nel profilo mutevole degli abusi edilizi una qualche grafica del tempo trascorso lì dentro. In quegli anni aveva visto i tetti crescere come una strana vegetazione, con infiorescenze nuove e avvallamenti, fino alle mura plumbee del carcere di San Vittore, in fuga sulla sinistra, inorganico e piatto come il punto morto di un encefalogramma.

Seduta di fronte a lei, la dottoressa sembra sempre uguale nel suo respiro neutro e nella sua poltrona rossa. La poltrona è cambiata, in realtà, ma Irene non saprebbe dire quando, perché questa è così autoritaria da aver scalzato per sempre la memoria della precedente. La studia con l'attenzione acuminata con cui si guardano le cose per l'ultima volta: è un po' più bassa della norma e si regge su un'unica base di ottone che può ruotare, forse, ma la dottoressa non l'ha mai fatto. I braccioli, spessi e stondati, danno un'aria tozza all'insieme, ma il pezzo forte è lo schienale, che si allarga e si alza esageratamente dietro la testa della dottoressa, come un'apertura d'ali o il preludio di un abbraccio. È rossa perché vuole suggerire un cuore, questa è l'idea, eppure a Irene fa pensare a una vagina gigante. Forse va detto, che la dottoressa le sembra accomodata dentro una vagina gigante? Sarebbe senz'altro un buon argomento per una seduta, ma non per questa. Questa è l'Ultima, e le vagine immaginarie appartengono a fasi molto più ingenue delle terapie.

Appesa alle spalle della dottoressa c'è una piccola Pietà che avrà trecento anni o giù di lì. Una cosina delicata che ritrae la scena più raggelante di tutti i tempi: la Madre che tiene in grembo il Figlio morto. La Madre con gli occhi al Figlio, il Figlio con gli occhi al cielo.

I primi tempi, Irene aveva evitato accuratamente di guardare quel quadretto perché il corpo del Figlio le sembrava grondare sangue e non capiva perché mai si dovesse esporre una cosa tanto macabra in una stanza frequentata da gente già piuttosto tesa; in realtà, nel tentativo di evitarlo non faceva che guardarlo in continuazione. Durante una seduta, finalmente, la dottoressa le aveva chiesto cosa la turbasse e Irene aveva confessato, in uno sfogo anche un po' aggressivo, tutto il ribrezzo che le metteva quella scena di emorragia.

«Non è un'emorragia» le aveva detto la dottoressa. «È una gonna».

Irene era rimasta interdetta, colta dal sospetto che fosse un test.

«Tipo macchie di Rorschach?».

«No, tipo una gonna».

Irene aveva cercato di mettere a fuoco.

«La guardi da vicino» aveva aggiunto la dottoressa. «Venga».

Irene aveva varcato la breve distanza tra sé e la Pietà con tre passi impacciati e aveva verificato che, in effetti, la campitura di rosso sotto il corpo del Figlio non era altro che la veste della Madre che si apriva in un bel panneggio vermiglio. Aveva rivolto alla dottoressa un sorriso imbarazzato e nel vederla sulla poltrona, nella stessa posizione e con lo stesso sguardo imperscrutabile della Madre, aveva quasi pensato di adagiarsi su di lei, sul suo grembo, e di finire così la seduta, in una fusione celestiale e catartica.

«Lei non mette mai la gonna» aveva detto la dottoressa.

Irene era tornata al suo posto con una nuova, granitica certezza: ogni volta che ne avesse indossata una avrebbe pensato a una Pietà insanguinata.

Le altre due presenze nella stanza, questa mattina più che mai, sono l'attesa e il silenzio. Se fosse una partita di tennis, l'attesa sarebbe l'arbitro e le sovrasterebbe da uno sgabello molto alto. Il silenzio sarebbe la rete, tesa e immobile tra loro.

E infine c'è l'alcol. Non era previsto, e invece c'è.

Irene era arrivata in anticipo ed era entrata nel solito bar all'angolo per prendere un caffè. Non lo voleva neanche poi tanto, quel caffè, ma era entrata lo stesso, per ingannare il tempo. Era indecisa tra lungo o macchiato ma poi, davanti al cameriere che la guardava, aveva chiesto un bianco secco e a quel punto sembrava da pazzi dire che si era sbagliata. Del resto, il tempo non si lascia certo ingannare.

Il cameriere, dal canto suo, non aveva fatto una piega e aveva versato il bianco nel bicchiere con un gioco di polso da prestigiatore, mentre sopra di lui, dietro il bancone, in mezzo alle bottiglie, la lancetta dell'orologio scattava di un minuto, e in fondo, nell'angolo, un signore con una voglia a stella sulla guancia stringeva le dita intorno a un fernet.

Doveva stringerlo forte perché le nocche erano bianche. Erano le undici meno cinque del mattino e fuori, in strada, c'erano il sole, le mamme con i passeggini e i pensionati con il cane, mentre nel bar le persone chiedevano caffè doppi e ristretti, cappuccini, brioche e spremute: gli unici ad avere dell'alcol in mano, nel bar ma forse in tutto il mondo, erano lei e il signore. La voglia sulla guancia di lui sembrava svanire e poi tornare, come una stella pulsar, la spia di un qualche errore che a Irene sembrava un richiamo, un contagio, un marchio di fabbrica che sentiva anche suo. Si accorse che il signore la studiava di soppiatto, poi riabbassava gli occhi sul fernet, poi li rialzava su di lei. Senza saperlo erano preda dello stesso pensiero: che c'è qualcosa di profondamente sbagliato nel bere al mattino ma che se lo fa anche qualcun altro allora dev'esserci un senso, deve servire a qualcosa e rispondere a un bisogno che si può capire, che si può spiegare; e quindi il signore e Irene avrebbero quantomeno potuto sentirsi due amici, due compagni di viaggio o se non altro due simili, come due nani a una festa o due albini in una folla. Irene lo teneva d'occhio senza guardarlo, senza volerlo vedere, perché un incrocio di sguardi avrebbe potuto essere il preambolo di un approccio.

Com'è il suo bianco?
Com'è il suo fernet?
È un po' presto per bere
È andata così
Però da domani no
Però da domani certo

No, aveva pensato Irene, *io non sono come te*. Aveva vuotato il bicchiere ed era uscita dal bar, sentendo lo sguardo del signore avvolgerle le spalle come il peso di un mantello.

Ma tornando al settimo piano, non sarebbe esatto dire che l'alcol è nella stanza insieme a Irene, alla dottoressa, alla poltrona, alla Pietà, al silenzio e all'attesa, perché in realtà l'alcol è solo dentro di lei, in uno spazio che si è aperto e si è fatto silenziosamente largo, così piano che Irene non saprebbe dire quando né come sia successo. Sa solo che ormai quello spazio c'è e chiede di essere colmato.

Potrebbe parlare proprio di questo, finalmente, e invece Irene tace ancora, ostinata: aspetta la dottoressa. Quante terapie avrà concluso nella sua carriera, cento? Trecento? Irene ne aveva chiusa una sola, quella prima di questa. Un esempio da manuale di fallimento terapeutico, con un analista di una certa fama, pioniere delle terapie di gruppo, che a Irene, però, aveva propinato quella classica faccia a faccia, cosa che di per sé aveva installato in lei un'ansia sociale paralizzante e fino a quel momento sconosciuta. In realtà, le sedute vis-à-vis erano piuttosto affollate, perché l'analista, chiaramente un soggetto istrionico, approfittava dei suoi pazienti per esporre le molte versioni di sé, tutte irresistibili, e accarezzarle come avrebbe fatto con un gatto. Era un grandissimo pianista e un cuoco sopraffino, ma anche un modellista provetto, un esperto melomane, un mago del bridge, un campione di sci e, ovviamente, un tennista da Roland Garros. Ogni tanto faceva capolino il Seduttore, ma lui lo ricacciava indietro con un sorriso magnanimo, arrossendo. Dopo due anni, ossia il tempo necessario a fare conoscenza con tutte le personalità dell'analista per centocinquanta euro all'ora, Irene aveva inscenato un espatrio improvviso e aveva cercato una seconda possibilità. Una specie di pulsione primordiale, che poteva essere istinto di sopravvivenza o anelito al colpo di grazia, l'aveva spinta a imbarcarsi in una seconda terapia per ripulirsi dalla precedente, un po' come si fa con i matrimoni. Approdare a un'analista donna, quasi muta, piuttosto antipatica e apparentemente priva di una vita sociale le era sembrata una buona idea.

E adesso, è davvero finita qui? Non le è chiaro quando possa dirsi finita una terapia, perché a Irene è sempre sembrato che le sue ansie fossero come l'araba fenice, pronte a rigenerarsi più maestose e splendenti di prima dalle loro ceneri. Aveva davvero perso il tocco della resurrezione?

Cerca di mettere a fuoco i temi ancora irrisolti della propria vita, come se si trattasse di un puzzle. Alcune tessere mancano del tutto: un lavoro, un guardaroba invidiabile, una qualche disciplina salutista, un'autostima coriacea, il coraggio di rifarsi il seno, un figlio. Non averne, in realtà, era stata una scelta condivisa con Riccardo, suo marito, eppure il figlio immaginario spuntava sempre nell'elenco delle cose mancanti, chissà perché. Altre tessere del puzzle erano state vistosamente forzate nella sede sbagliata, e Irene sente che rischiano di saltare da un momento all'altro. Il suo matrimonio, per esempio: con ogni evidenza era finito, eppure ci restava attaccata. O l'altra sua storia d'amore, quella con l'alcol: con ogni evidenza era finita, eppure lei ci restava attaccata. E il rapporto con la dottoressa: con ogni evidenza eccetera eppure eccetera. La mole schiacciante di tutte queste evidenze e di tutti questi amori finiti le dà per un attimo le vertigini, insieme al sospetto che sia proprio ciò a cui mira il silenzio infrangibile della dottoressa, o – pensiero iperbolico – l'intera terapia. Arrendersi alle evidenze e imparare a pronunciare un'unica, piccola parola magica: addio.

Mancano pochi minuti alla fine quando improvvisamente, miracolosamente la dottoressa parla. Anzi, chiede. Le chiede a cosa pensa.

«Che ho passato su questa sedia circa duecentonovanta ore negli ultimi otto anni» dice Irene.

«Lo so» fa lei. «C'ero anch'io».

«Questo significa che ho lasciato qui circa ventinovemila euro. A spanne» aggiunge Irene, anche se non sta davvero pensando a quello, ma è la cosa più agevole da dire. Forse è suonata antipatica, ma è solo un calcolo che ha fatto, non senza sconcerto e sentendosi anche un esempio di devozione ragguardevole. E comunque l'antipatia e il parlare di soldi sono due meccanismi di difesa che né il primo né la seconda analista sono riusciti a smontare.

La dottoressa ride e così ride anche lei, pensando che ha passato otto anni a sentirsi dire che ha un rapporto ambiguo col denaro, ma alla parola "euro" la dottoressa ride. Incredibile. Irene si cerca dentro tutti quei soldi, indecisa se sentirsi prosciugata fino all'osso o magnifica e luccicante come la Madonna di Enna, e la risata della dottoressa si va spegnendo proprio quando Irene vorrebbe entrarci, aprirla come una scatola e capire, almeno oggi, chi sia veramente questa donna che ha trattato da confessionale, da insegnante, da madre, da padre, da marito, da pattumiera, da bottiglia, da coperta, e capire finalmente questi anni misteriosi, il darsi con eleganza del lei sopra a viscere sparse, le sue, sul pavimento. Vorrebbe anche fare ammenda, chiederle perdono per la diffidenza, la rabbia e i pensieri intrusivi: l'aveva immaginata fare sesso, defecare, piangere, ubriacarsi e anche morire. Forse hanno bisogno di un'altra seduta, un'ultima ora anche tutta in silenzio; o almeno, adesso, di un addio come si deve. Irene sente che le gira la testa, ma poco. Ci vorrebbe un altro bicchiere per poter dire che le gira davvero.

Ed è allora che si sente quel suono salire nel palazzo.

Più suoni sovrapposti: colpi ai muri, rumore di mobili spostati, una voce. Come un ululato, che viene su a singhiozzo.

«Cos'è?» chiede Irene.

La dottoressa non batte ciglio.

«Non lo sente anche lei?» insiste.
«C'è il mercato, oggi» dice la dottoressa, accennando alla finestra.
«Ma no, c'è qualcuno che urla».
La dottoressa si mette in ascolto, ma scuote la testa. «Forse è la signora qui sotto» dice. «Credo che abbia l'Alzheimer, e quando la badante la lascia sola inizia a urlare. Ma non sta mai fuori a lungo».
«Non l'avevo mai sentita prima, in tutti questi anni» dice Irene.
«Dev'essersi ammalata da poco» risponde la dottoressa, quasi sottovoce, guardando l'orologio. Sa sempre perfettamente che ora è, ma guarda l'orologio per aprire le danze del congedo. La mossa finale è sporgersi in avanti sulla poltrona.
Irene sta pensando alla badante che non sta mai fuori a lungo e alla vecchia chiusa in una casa da sola che sbatte come un uccello impazzito. Si mette a cercare il portafoglio nella borsa, fingendo di ignorare la voce che preme da sotto. Lo trova subito, ma indugia, nella speranza che la vecchia smetta. Niente. Va sempre peggio, sembra che carichi la molla a furia di darci dentro, e quindi Irene tira fuori le sue banconote, cinquanta, venti, venti, dieci, contandole sulle ginocchia e sentendosi una ritardata – sì, forse c'è qualcosa ancora da chiarire nel suo rapporto col denaro. Le allunga alla dottoressa che le riceve con il consueto pudore rapace – e sì, anche la dottoressa ha chiaramente un problema con i soldi. Si guardano.
«Pensavo a mia madre» dice Irene.
Sul serio? pensa. No. In realtà vorrebbe dirle che ha bevuto, quella mattina, e anche il giorno prima e il giorno prima ancora. Ma ormai è tardi.
«Almeno è morta meglio di così» aggiunge Irene, e si alza come sospinta da quel pensiero luminoso, più luminoso del

pensiero dell'alcol. Carcinoma, sì, ma veloce e circondata da un sacco di gente che diceva: «Guarirai, guarirai». C'è stata una specie di gentilezza in quella morte, e Irene se ne accorge solo adesso.

Anche la dottoressa si alza, è sempre più piccola di come la ricorda.

«Conviene pensare al modo migliore di vivere» dice «piuttosto che al miglior modo di morire».

Lo dice sorridendo, come se fosse una banalità, come se tutto in quegli anni fosse stato molto facile. Per un attimo sembra quasi vero.

«Comunque si ricordi, Irene» e il suo nome detto adesso sposta tutto di un millimetro. «Io sono qui, se ha bisogno o solo voglia di fare due chiacchiere».

Due chiacchiere? Questo è un colpo basso. Il bacio che ti ruba l'uomo che ti ha appena lasciato, la sigaretta che ti trovi in tasca quando hai appena smesso, il bicchiere che avevi giurato e via dicendo. Codarda.

Irene sorride più forte di quanto vorrebbe, pensando *Non ci casco, dottoressa, non mi fotti*. Si stringono la mano sulla soglia e lì, sul pianerottolo, la vecchia si sente in stereo: a questo punto sembra che stia urlando *Fatemi uscire di qui*.

Irene chiama l'ascensore ma poi cambia idea e prende le scale. Vuole sentirla meglio, questa signora con l'Alzheimer.

Inizia la discesa della rampa – non è al sesto, è più giù – con il sospetto che ci sia qualcosa di brutto nell'andare a origliare alla porta di una vecchia malata.

Quinto, ancora niente.

Sarebbe ugualmente mostruoso ignorarla, no?

Quarto piano, è qui.

La porta vibra nello stipite e la maniglia gira a vuoto, con una violenza impressionante.

Irene si avvicina, sente il corpo della vecchia muoversi nello spazio oltre la porta, in una ronda da animale alla catena. C'è odore di muffa o di fiori marci. La sente borbottare, vorrebbe solo dirle di tacere, non riesce a concentrarsi, e così allunga una mano fino a rasentare la porta, come se potesse calmarla. La maniglia ruota ancora, Irene la sfiora e poi l'afferra per bloccarla: è come abbassare il volume, i suoni e i passi cessano. La vecchia si è accorta di lei, Irene la immagina sospesa, fatta di carta, gli occhi persi nell'anticamera buia. Restano immobili e zitte, entrambe, come animali selvatici all'erta.

Dietro la porta si sente solo un respiro. Irene si piega all'altezza della serratura, ma non per spiare. Si piega perché vuole che la vecchia la senta bene. Chiude gli occhi e inspira forte.

«C'è una dottoressa al settimo piano» dice.

Le sue labbra sfiorano il metallo della serratura e si lasciano accarezzare dalla lama d'aria fredda.

«È brava» aggiunge «io la conosco».

Le sembra che qualcosa si muova, forse la vecchia si è abbassata per ascoltare meglio.

«Però con certe persone non funziona».

Irene la sente annuire. Possibile?

«Ma io ti capisco» si affretta a sussurrare. «E lo sai perché? Perché io sono come te».

La maniglia scatta di nuovo e la paura la sbalza via, giù dal pianerottolo, a perdifiato per le scale, terzo piano, poi secondo, primo e pianterreno. Il custode filippino la saluta come sempre, la faccia tesa intorno a un sorriso giallo.

«La signora al quarto piano» dice Irene. Ha il respiro rotto.

Il custode la guarda senza smontare il sorriso.

«Forse sta male» gli dice. «Urlava».

Lui inclina un po' la testa, sembra non capire.

Irene si sente esausta e decide di lasciar perdere. *Se la caverà*, pensa, *ce la caveremo entrambe.*

Gira i tacchi e solca l'androne buio, attratta dalla luce in strada come una falena. Il custode la guarda uscire e non fa in tempo a dirle che al quarto piano non abita nessuno da anni.

Irene attraversa il mercato, vuole perdersi un po' tra la gente viva. Non bere più al mattino, ecco cosa deve fare. Almeno aspettare la sera.

E pensa alla dottoressa, a cosa starà facendo in questo momento.

Ha aperto il cassetto del comodino e sistemato le banconote nell'astuccio verde. Ha controllato velocemente l'agenda e si è alzata. Ha raccolto un mazzo di chiavi dal tavolo nell'ingresso ed è uscita dallo studio. L'ascensore l'ha portata al quarto piano. La dottoressa ha cercato senza fretta la chiave giusta nel mazzo e ha aperto la porta lentamente, per non travolgere il corpo fragile aggrappato alla maniglia.

La vecchia la guarda con orrore, rigirandosi uno scampolo di lamento in bocca, mentre la dottoressa le si avvicina senza mai distogliere lo sguardo dal suo. Ora le cinge le spalle e la guida a piccoli passi lungo il corridoio. La vecchia si lascia condurre e abbracciare, chiedendosi chi sia questa donna bionda e gentile. Non può sapere che è sua figlia perché non ricorda nemmeno di averne avuta una, di figlia, o di vita, ma ormai si farebbe abbracciare da chiunque.

E mentre le immagina sedute al tavolo della cucina, identiche e lontanissime nonostante le mani allacciate, a Irene sembra finalmente di capire il senso di tutte le Pietà dipinte da trecento anni o giù di lì, fino a questa pietà di fòrmica e briciole su sfondo Ikea.

La sua immagine le sfila accanto sulle vetrine di un bar, un altro, ma Irene ci mette qualche istante a riconoscersi. Quei capelli rossi che luccicano al sole sono i suoi, come le gambe magre, da ragazzina, nei jeans stretti. Si osserva e si chiede: *Ce la può fare, quella ragazzina, senza dottoressa? Senza Riccardo?* Per un attimo le sembra di sì e si ferma a guardare oltre il proprio riflesso. Dentro il bar c'è un gruppo di giovani donne che ridono, certamente sono amiche che si sono date appuntamento per mangiare insieme. Irene le guarda e vorrebbe essere come loro, insieme a loro, sembrano felici, leggere, è stata così anche lei. Può essere così anche lei, di nuovo? Le basterebbe entrare e ordinare un bicchiere per cancellare la dottoressa, il silenzio, la vecchia e le urla, per sfiorare ancora quella leggerezza. È così che parla il vuoto, che si aziona il richiamo: la distanza tra sé e gli altri bevuta via in un sorso. Ma è davvero così vicina la felicità?

Un ragazzo apre la porta del bar portandosi via il suo riflesso. Si ferma sulla soglia e le tiene aperta la porta.

«Entri?» le chiede.

«No».

Questo è il loro addio, e l'argomento è chiuso.

TERZO

Inventario

Le file del lunedì mattina erano le peggiori, perciò Anna era arrivata alle sei e si era messa tra i primi davanti al portone del carcere. Poco prima, in macchina, aveva sentito la notizia di un terremoto in Giappone, una serie di scosse crescenti che avevano coperto l'intera scala Richter e a cui sarebbe seguito con ogni probabilità un gigantesco tsunami. Si chiese cosa sarebbe successo se il terremoto fosse arrivato fin lì, come un brivido silente lungo la schiena della terra. Li avrebbe uccisi tutti, o liberati tutti.

La ragazza in fila davanti a lei doveva essere alla sua prima visita, Anna l'aveva intuito subito dagli sguardi attoniti che gettava intorno: alle mura del carcere, al pacco che teneva come un neonato, alle altre persone, ai cartelli in ingresso, alle guardie. Quando era stato il suo turno, la ragazza era entrata nell'ufficio controlli con una cautela servile e ne era uscita poco dopo, a passo spedito, con il pacco aperto in mano. Borbottava qualcosa in arabo, qualcosa di rabbioso.

«Massimo cinque chili» le aveva urlato l'agente. «C'è scritto sul regolamento. Lo sai leggere il regolamento?».

Lei non l'aveva neanche guardato e si era seduta sulla panca dell'ingresso, prendendo a rovistare nel suo pacco troppo grande. Ne aveva estratto cose assurde: una fotografia incorniciata, un cuscino, una lattina di Coca-Cola.

Anna era diventata un'esperta dei pacchi: l'aveva pesato a occhio, saranno stati almeno otto chili. Avrebbe voluto avere il tempo di sedersi accanto alla ragazza e di spiegarle gentilmente cosa poteva metterci dentro e cosa no, e già che c'era le avrebbe chiesto chi era il suo detenuto. Di certo il suo era un fidanzato, o un marito, si capiva da quello che gli aveva portato. Anna era lì per suo padre.

Con lei l'agente era stato cordiale, le aveva perfino sorriso tastandole il busto dai fianchi alle spalle. Sicuramente i regolari erano i visitatori che preferiva perché non bisognava più spiegare nulla, ma la battuta sul suo cognome non gliela risparmiavano mai.

«Innocenti, eh?» le disse, riconsegnandole il documento. «Dicono tutti così».

Poi prese il pacco e lo mise sulla pesa. La bilancia segnò 4,4 kg e Anna provò una soddisfazione puerile. Non aveva mai sforato, neanche all'inizio.

Si era preparata alla prima visita scaricando il regolamento da internet e studiandolo come una poesia da mandare a memoria, e in un certo senso lo era: un elenco di elenchi.

C'erano gli indumenti consentiti e quelli vietati, e così per i cibi, gli articoli per l'igiene personale, i farmaci, le riviste e i libri. Nulla che potesse ferire, intossicare, nascondere, tagliare, offendere. Libri sì, ma niente copertine rigide; farmaci sì, ma solo da banco; coperte, ma niente di imbottito; niente cappucci, sciarpe, colli alti o scaldacolli, per non travisare l'identità del detenuto.

Il suo primo pacco conteneva:

1 tubetto di dentifricio
1 spazzolino
1 pettine
1 sapone
1 docciaschiuma
1 confezione di rasoi bilama (consentiti)
1 schiuma da barba

1 paio di forbicine da unghie (non consentite, ritirate)
5 paia di boxer
5 magliette
3 paia di calze
2 paia di pantaloni da tuta (senza cordino)
2 felpe (senza cordino)
1 pigiama
1 accappatoio (senza cintura)
1 mascherina
1 confezione di tappi di cera

Con le forbicine aveva tagliato via i cappucci dalle felpe e dall'accappatoio. All'accappatoio aveva tagliato via anche le tasche.

«Non ce n'era bisogno» le aveva detto l'agente.

«Pensavo si dovessero tenere in vista anche le mani» aveva risposto lei.

L'agente aveva colto una logica, ma aveva alzato le spalle. «La faccia è sufficiente».

Comunque il suo primo pacco era passato: 4,95 kg. L'amore giusto ha un certo peso, non un grammo di più.

Dopo l'arresto suo padre era stato messo al sesto raggio, nel cellone dove finivano indistintamente gli arrestati delle ultime ventiquattro ore. Arrivavano a ciclo continuo, e quindi lo smistamento per tipologia e gravità di reato avveniva successivamente.

Alla prima visita era entrato in sala colloqui con una faccia che non era la sua, almeno non quella con cui lei l'aveva visto l'ultima volta, poco più di un mese prima, abbronzato dopo un fine settimana in barca. Con questa faccia sconosciuta l'aveva cercata tra i presenti, cinque o sei visitatori in attesa del loro detenuto agli altri due tavoli nella stanza, e, nonostante lei fosse l'unica da sola, lui ci aveva messo un po' a individuarla. Forse si aspettava un gruppo.

«Sei tu» le aveva detto, e Anna non aveva saputo cosa dire. «Manuzzi verrà dopo, vero?».

Tremava, ma non di freddo.

Manuzzi era l'avvocato. L'aveva chiamata a mezzanotte della sera prima per dirle che suo padre era stato arrestato. Era accusato di associazione a delinquere finalizzata alla truffa.

«Dev'esserci un errore, avvocato» aveva detto Anna, colta nel sonno. «Mio padre è chirurgo plastico».

«Lo so. È accusato di doppie fatturazioni e malversazioni di vario tipo, in associazione con diversi responsabili della clinica. Ne hanno arrestati cinque».

Nella sala, insieme a suo padre, era entrato un altro detenuto, un ragazzo giovane dall'aria forte e pulita. Una signora al tavolo del colloquio, forse la madre, lo inondava di sorrisi e carezze, ma lui sembrava irritato.

«E Chiara?» aveva domandato suo padre.

Chiara aveva detto *Lo sapevo*, oppure *Me l'aspettavo*, Anna non ricordava di preciso, ma ricordava perfettamente il modo con cui si era sfiorata la punta del naso, come a scacciare una mosca o a levarsi un fastidio. Ogni volta che si parlava del loro padre, Chiara sfoderava quel gesto. Di certo non sarebbe andata a trovarlo in carcere.

«Verrà appena riesce. Mi ha detto di mandarti i suoi saluti».

I suoi saluti. Anna non era mai stata brava con le bugie.

Non si erano detti molto altro, durante quel primo colloquio. Lei gli aveva elencato il contenuto del pacco che gli avrebbero consegnato alla fine e lui aveva annuito a ogni voce. Sull'entità esatta della frode di cui era accusato e su quanto tempo sarebbe rimasto lì dentro avevano taciuto, del resto il pudore era la stanza in cui il tempo li aveva incarcerati anni prima.

«Torno la settimana prossima» gli aveva detto. «Fammi sapere tramite l'avvocato se hai bisogno di altro».

Suo padre aveva annuito di nuovo ma sembrava assente. Quando il secondino l'aveva richiamato, si era alzato, obbediente, e le aveva voltato le spalle per andarsene.

Poi, sulla porta, appena prima di sparire, era successa quella cosa folle dell'occhiolino. Terreo, insonne, tremante, suo padre le aveva strizzato l'occhio, il sinistro, una cosa talmente veloce che Anna ne aveva dubitato per giorni.

«Non è assurdo?» aveva chiesto a Chiara.

«È pazzo».

«Non è *pazzo*».

«Hai ragione, la pazza è la mamma. Lui è solo uno stronzo».

Ma l'occhiolino. Anna non aveva trovato le parole per spiegare a Chiara l'effetto di quella cosa minima, illogica, che l'aveva riportata per un istante a quando il loro padre le prendeva in giro a turno e si alleava ora con l'una ora con l'altra con una strizzatina d'occhio. A volte faceva ridere, a volte la presa in giro si spingeva troppo oltre e quelle strizzatine d'occhio erano fucilate silenziose. Ed eccola lì, di nuovo, su quel volto sconosciuto e familiare insieme, in carcere, appena prima di sparire oltre la porta, con un secondino accanto. Ci sarebbero volute altre due visite per capire che era solo un tic. Spasmi mioclonici, o come li chiamano lì.

La cosa degli elenchi l'aveva contagiata come un morbo, e Anna si ritrovò a fare elenchi di tutto. Più propriamente, riscoprì un modo di pensare, per elenchi, che la riportava al passato, perché solo così, per elenchi, si era sempre relazionata a suo padre, e lui a lei.

C'erano stati gli elenchi dei libri che non si potevano non leggere e dei dischi che non si potevano non ascoltare, poi quelli dei giorni di vacanza da trascorrere con lui, poi l'elenco delle cose che lui aveva portato via da casa dopo il divorzio, l'elenco delle città dove si era trasferito negli anni, quello delle recriminazioni di Chiara e quello delle scuse di papà, intese come giustificazioni, non come richieste di perdono. C'erano stati anche gli elenchi delle sue amanti e delle sue negligenze, ma di questi lui non sapeva niente perché li avevano stilati alle sue spalle.

Se avesse dovuto sintetizzare suo padre, sarebbe finito spezzettato in una sorta di mega elenco esistenziale: Lucio Dalla e Hemingway, dieci giorni in agosto, quattro in aprile e otto a dicembre, il mobile bar con tutte le bottiglie dentro, l'Enciclopedia Britannica, il servizio di piatti meno bello e la lampada di Artemide, le sue assenze alla loro cresima e alla festa di laurea di Chiara, del resto una volta era a Praga e l'altra era a Cuba, e poi Vienna, Monaco, Berlino, Barcellona e Londra. Sandra, Diana, Rossella e la Morlacchi, l'odiosa segretaria; quella volta che si era sbronzato e quella in cui aveva centrato la Volvo, quando aveva tradito un amico e poi perfino il fratello. E infine l'arresto, d'accordo, che però non sarebbe rientrato da nessuna parte, perché questi elenchi erano chiusi da un pezzo.

Ma si può ridurre un'esistenza a un inventario? Ad Anna sembrava che mancasse il collante, il legame tra le voci, i verbi e gli aggettivi. Mancava il tempo.

E poi gli elenchi si prestano a interpretazioni.

«Ne abbiamo fatte di belle cose insieme» le aveva detto suo padre una sera, anni prima. «Ti ricordi? La prima volta in barca a vela, avrai avuto nove anni. E quei due giorni a Parigi, io e te soli, ne avrai avuti tredici».

Anna aveva sorriso e forse si era anche sentita lusingata dal fatto che suo padre tirasse fuori quei ricordi, ma era stata zitta per non mentire, perché in realtà non capiva come quelle voci fossero finite nell'elenco delle cose buone.

Della barca ricordava una paura paralizzante, una pelle d'oca così feroce che le sembrava di perdere pezzi di corpo, il boma urlante di cavi e la salsedine come ruggine negli occhi. Non sarebbe risalita volentieri su una barca.

A Parigi avevano visitato il cimitero di Père-Lachaise, dove suo padre le aveva parlato di Baudelaire mentre lei, sedicenne e non tredicenne, precipitava in una malinconia indicibile davanti alla tomba di Jim Morrison. Era sommersa di fiori esausti, fotografie, lattine di birra, biglietti, regali. Anna aveva letto che il corpo di Morrison non era mai stato trovato, tanto che alcuni sostenevano che la sua morte fosse stata solo una messinscena e che lui, in realtà, fosse scappato in Marocco. Non che le interessasse poi molto, Morrison, le interessava quella discarica d'amore su una tomba vuota.

«Avevi un suo poster in camera, vero?» le aveva chiesto suo padre.

«No» aveva detto Anna. «Era Kurt Cobain».

Proprio sulla parete accanto al cuscino, per anni.

«Lui non ha neanche una tomba» aveva aggiunto Anna «perché la moglie ha imbottito con le sue ceneri un orsacchiotto ma gliel'hanno rubato».

Suo padre aveva riso e lei si era offesa. Si era sentita stupida come se fosse stata lei a mettere le ceneri nell'orsacchiotto, e non era proprio riuscita a dirglielo, che di Cobain era innamorata davvero. Del resto, era quello che le aveva insegnato suo padre: amare un uomo che non c'è.

Anche quando era arrivato Leo, il primo ragazzo vero, l'unica maniera di attutire il terremoto di un amore reale era stato dissolversi nell'alcol insieme, fino a essere soli comunque. Non era riuscita a dirlo nemmeno a lui, che era innamorata davvero. E ripensandoci adesso, cercando di ricordare le cose dette e fatte con Leo, Anna vedeva sfilare solo ricordi parziali, mutilati: si rivedeva sola anche quando sapeva che era con Leo, a quella festa, in quella stanza. Cosa ricordava lui, di loro? Di lei?

Lei li chiamava i ricordi Frankenstein: un pezzo mio, un pezzo tuo, ricordi diversissimi di una cosa vissuta insieme. Così era con Leo, così con suo padre, così forse sarebbe stato per sempre e con tutti. Il ricordo è una tomba vuota su cui ognuno porta fiori a un fantasma diverso.

Il contenuto dei pacchi settimanali era cambiato nei mesi.

Il pigiama non era mai servito perché suo padre preferiva dormire vestito e al posto dei boxer aveva chiesto gli slip. Il cibo e i prodotti detergenti avevano assunto un'importanza crescente, in bizzarre versioni regressive: omogeneizzati e succhi, saponi anallergici, disinfettanti e dischetti di cotone.

La farmacista, con un sorriso da donna a donna, le aveva chiesto quanto avesse il bambino.

«Tre mesi» aveva risposto Anna, ed era vero. Erano già tre mesi che suo padre era in carcere.

Altri cambiamenti sensibili erano stati l'abbandono di rasoi e schiuma a vantaggio di una barba d'argento, e la richiesta di uno spazzolino nuovo ogni settimana.

«Setole dure» le aveva detto. «Le più dure che trovi».

«Ti farai male alle gengive».

«Non li uso per i denti. È per lo sporco. S'infila nelle fughe del pavimento, l'unica è sfregare forte».

Aveva anche mimato il gesto, sul tavolo tra di loro, sfregando le dita sul legno.

Il secondino si era avvicinato, suo padre aveva smesso, e Anna quel giorno era andata via turbata.

A turbarla, da subito, era stata l'incapacità di provare pena fino in fondo.

L'empatia totale che vedeva negli altri familiari, soprattutto al termine dei colloqui, quando era il momento di voltare le spalle al carcere e tornare nel mondo esterno, quel dolore senza riserve in lei era frenato da una sottile rivalsa. *Gli errori si pagano*, *Sei forte abbastanza*, *Guarda gli aspetti positivi, potrebbe addirittura farti bene*: erano questi i pensieri che sgorgavano a sorpresa, appena prima e dopo le visite. Sei visite al mese, per quattro mesi, che voleva dire ventiquattro ore passate insieme, ore diverse da tutte le altre trascorse nelle loro vite precedenti, ma nonostante Anna avesse assistito alla graduale trasfigurazione di suo padre in un uomo diverso, nulla tra loro sembrava poter cambiare.

La settimana successiva le fu negato il colloquio.

Il padre era stato trasferito il giorno prima in infermeria per quello che sembrava un problema di stomaco, un'ulcera forse, o un'oppressione al petto. Erano in corso accertamenti e avrebbe avuto notizie dal direttore del reparto quando avessero appurato il problema.

«Compili la domandina» le aveva detto l'agente, passandole un modulo.

Le domandine erano i moduli che servivano per tutto: ai detenuti, per accedere a qualsiasi servizio non previsto dallo stretto protocollo, e ai familiari, per qualsiasi informazione o comunicazione con l'autorità carceraria. Ad Anna sembrava che la leziosità in quel nome, "domandina", fosse una forma di sarcasmo gratuito.

L'agente ritirò il modulo e le porse una busta.

«Innocenti, è per lei» disse.

La busta era aperta, già passata dai controlli. Anna si sedette nella sala d'attesa per leggerla: era un foglio strappato da un quaderno, scritto su una sola facciata, senza data.

Stamattina, all'alba, hanno liberato un mio compagno di cella, il Fossati, quello che mi rollava le sigarette. Abbiamo sentito il secondino urlare dal fondo del piano: «Fossati liberante!» e tutto si è fermato. L'ha ripetuto tre volte: «Liberante! Liberante! Liberante!».

Poi è venuto davanti alla cella e gli ha passato un sacco nero, di quelli della spazzatura. I liberanti hanno cinque minuti per raccogliere tutte le loro cose e lasciare il braccio. Fossati non ne sapeva niente, non l'avevano avvisato. Mentre lo aiutavamo a raccogliere le sue cose abbiamo sentito un brusio su tutto il piano, da tutte le celle, all'inizio erano quasi sussurri poi le voci si sono alzate sempre di più e alla fine era un coro da stadio. Tutti urlavano: «Liberante, liberante» e battevano sulle sbarre. Ho urlato anch'io, ti immagini? Non urlavo da trent'anni. È stato bello, eravamo tutti emozionati per lui, tutti tranne i secondini che non possono mostrare sentimenti. Fossati se n'è andato e a me è sembrato che quasi gli dispiacesse, pensa te, perché comunque quando te ne vai lasci anche gli amici. Ma forse mi sbaglio, lui era solo felice, e quelli tristi eravamo noi, che siamo rimasti qui. Comunque, mi ha lasciato il tabacco e le cartine. Ci vedremo presto, spero, ma intanto volevo raccontarti questa cosa.

Ciao,

papà

Anna ripiegò il foglio e sentì un'ondata salire dalle quattro ultime lettere. Era quel dolore pieno, finalmente, che era rimasto in agguato.

Niente di grave, le aveva detto il direttore medico al telefono. Solo oppressione, probabilmente causata da uno stato d'ansia.

Gli avevano prescritto un gastroprotettore e degli psicofarmaci, una delle poche cose che distribuivano profusamente in carcere, e avrebbero tenuto sotto controllo l'evolversi della situazione.

Durante le attese per le visite, Anna aveva sentito molte storie di interventi farmacologici sui detenuti. Gli ansiolitici e gli antidepressivi erano la livella del carpentiere: servivano a misurare la stabilità di una folla di individui traumatizzati, rabbiosi, depressi, un enorme animale da tenere sedato. L'infermeria psichiatrica fungeva da purgatorio, prima o poi ci passavano tutti i detenuti, almeno per fare un tagliando. Da qualche anno avevano anche un reparto Prevenzione suicidi, che si diceva fosse l'unico posto dove si poteva trovare un po' di morbidezza, perché solo lì la vita sembrava valere qualcosa di più rispetto al crimine e alla pena. Una volta suo padre si era riferito ai medici carcerari come a dei "colleghi", e Anna aveva trattenuto il fiato e distolto lo sguardo, perché in un certo senso era vero, ma in un altro non lo era più.

All'inizio del quarto mese di detenzione suo padre aveva inserito tra le richieste il Vangelo, e poi la Bibbia.

Don Marcos l'aveva affascinato da lontano, dalle finestre del terzo raggio, da cui aveva visto un gruppo di detenuti entrare nella cappella del torrione centrale una domenica mattina. Forse più alla ricerca di svago, lì per lì, aveva compilato la domandina per poter assistere alla messa settimanale. Non era mai stato credente, ma don Marcos portava dei sontuosi paramenti andini che l'avevano incuriosito, e poi dopo l'uscita del Fossati era rimasto in cella con un egiziano e un montenegrino, entrambi musulmani, che s'inginocchiavano a pregare cinque volte al giorno. Suo padre ne approfittava e s'inginocchiava con loro, a pulire le fughe della sua parte di pavimento con lo spazzolino duro. Ma mentre lui s'immergeva nello sporco, loro si libravano altrove, lontano, con gli occhi chiusi e quella cantilena dolce, e questo lo faceva sentire escluso da qualcosa.

«Non pensare che abbia visto una luce» le aveva detto guardando a terra, come se si vergognasse. «Niente folate di calore strano né rivelazioni improvvise. È stato più un contatto» e qui aveva alzato lo sguardo per controllare la sua reazione. «Come di un dito o due sullo sterno. Non mi ha più lasciato».

«È stato quando ti hanno portato in infermeria?».

«All'inizio mi sono spaventato».

«È normale che tu abbia l'ansia».

«Oh» aveva sorriso lui. «Il tuo cinismo fa scuola nelle scuole».

«Ho parlato con il medico».

«Ma io sto benissimo» aveva detto. «Mai stato meglio».

Le aveva parlato del potere delle novene.

Cinquanta avemaria al mattino, cinquanta padrenostro alla sera.

«È come un'ipnosi» le aveva detto. «A un certo punto non sai più dove sei».

Anna aveva pensato agli elenchi, al potere catartico di mettere in fila parole senza niente da raccontare. Gli elenchi erano come le preghiere, ma senza un destinatario divino. O sì?

Suo padre lo chiamava Potere Superiore, perché in carcere la cautela è tutto, e dare un nome al proprio dio poteva sembrare un insulto al dio degli altri. E il Potere Superiore di suo padre si stava rivelando rapidamente in tutte le cose, nel destino che l'aveva portato lì, nelle prove quotidiane, nel tramonto visto dal terzo raggio e anche nell'impossibilità di sapere quando sarebbe uscito.

«Il Potere Superiore è tutto ciò che non capiamo» le aveva detto, e per la prima volta dopo secoli Anna aveva sentito il tono antico degli insegnamenti di un padre a una figlia.

«Te l'ho detto che è pazzo» aveva tagliato corto Chiara.

«Sarà anche pazzo, ma funziona».

«Cosa? Il Potere Superiore?».

Il disprezzo era la cifra in cui Chiara era imprigionata da sempre.

«È cambiato, Chiara. Mi ha detto che prega per noi e anche per la mamma, ogni sera».

«Sarà per questo che la mamma sta sempre peggio».

«E che ci ama più di ogni altra cosa al mondo».

«Ah, sì?».

«Perché non puoi concedergli una possibilità? Vieni a trovarlo. Ha solo noi».

«Lo vedrò quando sarà uscito» aveva detto lei. «E comunque, ha solo te».

La richiesta di scarcerazione era stata accolta ma mancavano quattro timbri di quattro uffici diversi, e questo poteva significare varie settimane di attesa.

«Mio padre lo sa già?» aveva chiesto Anna.

«No» aveva detto l'avvocato. «Ho un colloquio con lui domani, ma preferirei aspettare il nullaosta definitivo. Per non creare attese».

Anna capiva, ma non del tutto. L'attesa non era esattamente la dimensione in cui erano trascorsi quei mesi di reclusione? La possibilità della scarcerazione l'avrebbe aiutato a reggere ancora, e forse meglio, quindi perché non dirglielo? *Fossati non ne sapeva niente, non l'avevano avvisato*, le aveva raccontato suo padre nella lettera, e parte dell'emozione di quel momento era dovuta proprio al non sapere. Quindi forse aveva ragione l'avvocato, era meglio non avvertirlo.

Ma l'attesa. Ora che per lei era finita, che la scarcerazione era imminente e che tutti i regolamenti, i pacchi, le domandine e le visite sarebbero usciti dalla sua vita, si era resa conto che una nuova attesa si stava formando dentro di lei ed era più spaventosa di quella precedente.

L'ultima visita fu più breve del solito, perché Anna era arrivata in ritardo.

Nel pacco aveva messo tutto ciò che lui aveva chiesto, compresa una scorta di quaderni e matite pensata per durare settimane. Non voleva insospettirlo. 3,2 kg.

«L'ho fatta per te» le disse, posando sul tavolo una piccola croce di legno. «È un po' sgraziata» aggiunse. «Sto imparando. Puoi farci mettere un occhiello, usarla come ciondolo. Oppure no».

Anna si rigirò la croce tra le dita.

«Grazie» disse. «È bellissima». Non aveva mai amato le croci. «Non hai voglia di uscire?» gli chiese. Si era ripromessa di non accennare a nulla, eppure quella domanda era scaturita da chissà dove, forse dalla croce.

Suo padre ci pensò più di quanto lei si aspettasse.

«Non ne sono sicuro» disse. «Certe volte penso che il mondo fuori sia molto sopravvalutato».

Anna rise, lui no. Si sporse in avanti e le prese la mano.

«Il Potere Superiore non ci dà quello che vogliamo, ma quello di cui abbiamo bisogno».

Quello di cui aveva bisogno suo padre: era questo il pensiero che l'aveva perseguitata negli ultimi sei mesi, il pensiero di cui aveva avuto bisogno lei. E ora?

Come sarebbe stato suo padre, fuori?

Era entrato abbronzato, spavaldo e cullato nel lusso. Ne sarebbe uscito con la barba bianca, i conti correnti bloccati, una storia da raccontare a quelli che conosceva e molte altre che non avrebbe mai raccontato a nessuno.

Niente più pacchi da preparare, niente più elenchi di cose, nessun bisogno di lei.

La farmacista, non vedendola più, avrebbe potuto pensare che al bambino fosse successo qualcosa.

Anna si sentì schiacciata da quella nuova versione dell'attesa e sentì anche che una parte di lei avrebbe voluto che lui restasse dov'era, per continuare a essere lei il suo unico contatto con il mondo. Per sempre incarcerato, per sempre solo suo: era questo che avrebbe voluto.

Se avesse avuto anche lei un Potere Superiore gliel'avrebbe confessato e l'avrebbe pregato in ginocchio di eliminare il suo cieco egoismo.

Ma in cambio gli avrebbe chiesto un elenco di cose.

Che mi prenda di nuovo la mano.

Che mi racconti del suo Potere Superiore e di come sa nascondersi.

Che mi ripeta che in fondo a tutte le cose c'è una bontà ultima che non possiamo capire.

Che mi descriva di nuovo il tramonto più bello, quello dal terzo raggio.

Che di questi mesi ricorderemo esattamente le stesse cose.

Che mi dica che sono stata brava, paziente, costante.

Che i miei pacchi erano perfetti, che il mio modo di amare è perfetto.

Perché l'amore va dosato, mai un grammo di troppo.

Che fuori sarà come dentro, almeno un'ora a settimana.

E che in fondo Chiara ha ragione, perché lui ha solo me.

Poteva funzionare?

Era un mercoledì mattina presto quando il professor Innocenti uscì con il sacco nero in mano.

Varcò il portoncino laterale, quello dei liberanti, ma esitò sulla soglia, come se rimettere piede nel mondo gli costasse coraggio. Si guardò intorno, spaesato, e vide una donna dall'altra parte della strada. Lì per lì pensò che fosse sua figlia Anna, perché le gemelle erano identiche, viste da lontano. Invece era Chiara. Aveva detto che l'avrebbe visto solo quando fosse uscito, e aveva mantenuto la promessa. Nonostante la barba, le sembrò l'uomo di sempre.

Anna era rimasta a letto. Quando era suonata la sveglia l'aveva lasciata suonare, e suonare ancora, ed era rimasta lì, immobile, imprigionata in un vecchio dolore.

QUARTO

Membrana

L'abito scuro mi slancia. La cravatta è un po' troppo lucida e le scarpe sono davvero brutte, con la suola spessa e le cuciture grosse che evidenziano la forma squadrata della punta.

Le scarpe a bara, le chiama mia moglie. Mia moglie ha il dono dell'ironia.

Il mio impiego non le va giù e non perde occasione per ribadirlo. Si vergogna con le amiche, dice. Forse non le è chiarissimo che al momento l'unico impiego alternativo, per me, è la disoccupazione. Non è stato nemmeno facile, non prendono certo il primo che passa. Devi essere di bella presenza, avere bei modi, ispirare fiducia.

Io non lo sapevo, ma sono quel tipo di uomo.

Mi trovo benone, alla Gea. Ho un biglietto da visita elegante e incontro persone eleganti, perché è una delle imprese più esclusive e opera soprattutto in centro. L'ufficio è un po' opprimente, a dire il vero, luci basse e molto velluto, ma alle pareti c'è arte sacra di un certo livello. Proprio accanto alla mia scrivania è esposta una bellissima Pietà.

Comunque sono sempre in giro per clienti e sto imparando un sacco di cose.

Se la morte è democratica, le onoranze non lo sono affatto.

Nelle case dei ricchi ti accolgono famiglie composte, generose, disposte a spendere qualsiasi cifra per il loro caro.

Pagano in anticipo e hanno una segretaria che gestisce i necrologi. Ai loro funerali ci sono sempre molti fiori e molte persone. Le prime volte ci restavo anche un po' male per tutti quei fiori che alla fine vanno buttati e per il tono mondano di certe funzioni. Più il defunto è ricco o importante – e spesso le due cose vanno insieme – più i partecipanti sono tirati a lucido, le donne soprattutto sembrano vestite da sera, anche se di solito sono le dieci del mattino. Poi sono tutte affrante, per carità, ma deve essere una disperazione che le coglie all'improvviso, perché la serenità di truccarsi e di abbinare la borsa alle scarpe evidentemente l'hanno avuta. È il trucco, che mi spiazza.

Al mio primo funerale avrò avuto dodici anni. Il defunto era il signore per cui lavorava mia madre, un uomo in vista che costruiva dighe, ma non con il meccano come me. Mi pare lavorasse in Sudamerica. Per l'occasione avevo indossato la mia prima cravatta. Era di mio nonno e mi arrivava a mezza coscia, ma mia madre l'aveva accorciata e sfilata su misura per me. Una bellissima, piccola cravatta.

Questo faceva mia madre, stirava e cuciva nella casa del defunto.

«Quindi hai perso il lavoro?» le avevo chiesto andando in chiesa.

«No» mi aveva detto lei. «Continuerò a lavorare per la signora».

Lei pensava di rassicurarmi, invece io ero deluso perché non mi piaceva, il suo lavoro. Che stirasse e cucisse mi andava bene, ma il fatto che si occupasse anche del figlio dei signori mi accendeva una gelosia paralizzante. Lui si chiamava Leo e aveva la mia stessa età.

«Poverino» diceva mia madre. «Il suo papà è sempre via». Da quel giorno, poi, sarebbe stato ancora più poverino perché il suo papà era morto, e questo mi faceva sentire stracciato 6 a 0, cappotto. Non che mio padre fosse vivo, comunque, ma se n'era andato quando io ero così piccolo che avrei dovuto inventarmela, la nostalgia, ed è un sentimento davvero difficile da mimare.

Mia madre, per l'occasione, era completamente struccata. Non aveva messo neanche la crema, né un velo di cipria, non un'ombra del rossetto corallo che metteva gli altri giorni. Era uscita con la faccia con cui si svegliava la mattina, la faccia che pensavo di poter vedere solo io. A me sembrava nuda e mi guardavo intorno per capire se anche gli altri la vedevano così. Apparentemente no, e comunque non ci guardava nessuno.

Tutti cercavano la vedova che aspettava il feretro all'altare, dove si aspettano gli sposi. Accanto a lei vidi Leo, alto come me, con una cravatta come la mia, mi chiesi se anche la sua fosse stata rimodellata da mia madre o se per lui l'avessero comprata già piccola. Mi sembrava impacciato e confuso: non si capiva mai quando ci si dovesse sedere e poi alzare. Sentii la mia gelosia rimpicciolire per fare spazio a un po' di pena. Poi però pensai che a padri stavamo a zero entrambi, ma di madri lui ne aveva due, e una era la mia. Quel giorno, dopo il funerale, finimmo per giocare ai rigori nel cortile del suo palazzo, mentre mia madre serviva il caffè ai suoi parenti. Avrei potuto stracciarlo, ma alla fine qualche gol glielo lasciai fare. Mia madre mi avrebbe detto che è così che ci si comporta.

Comunque. Quello che mi piace del mio lavoro è che i congiunti hanno bisogno di te. Tu arrivi ed entri in queste case ovattate, dove i gesti sono più lenti e le voci più sommesse che fuori.

Io la chiamo membrana. È una consistenza dell'aria, un peso specifico che avvolge tutto.

Di solito mi offrono un caffè. Io sono molto gentile e delicato. Ho imparato a parlare pianissimo.

Ieri ho visitato i Cera. Io le chiamo visite. Sono due fratelli sui quarant'anni, Edoardo e Filippo: chiamare i clienti con il nome di battesimo è una delle prime cose che ho imparato. Crea empatia.

La madre è morta ieri, non chiedo mai di cosa, ed è nella camera ardente dell'ospedale. Era una psichiatra, è la seconda che mi capita.

La casa è la sua, della madre, come la domestica che si aggira in silenzio.

Quando i congiunti del morto sono più fratelli si respira sempre una strana rivalità, come una gara a chi soffre di più. Di solito il primato spetta al figlio maggiore, in questo caso Filippo. Mi ha aperto la porta con una faccia da tragedia greca e io gli ho rimandato esattamente la sua espressione, abbassando lo sguardo e gli angoli della bocca: è una tecnica-specchio che funziona sempre nel rendermi amabile. A quel punto, infatti, la sua faccia è cambiata, quasi a voler soccorrere me, in una specie di sorriso che sembrava dire: Non si preoccupi, ce la possiamo fare. Che è esattamente quello che dovrei suggerire io.

La membrana è la stanza degli specchi.

L'altro fratello, Edoardo, interpretava la parte di colui che ha filosoficamente superato il dolore, appena di qualche metro, per accomodarsi in una rassegnata passività. Sedeva in salotto fumando e leggendo il giornale, come se fosse lì per caso. Accanto a lui c'era una donna, la moglie di Filippo, che è venuta verso di me con l'aria contrita caratteristica dei parenti acquisiti: la defunta è sua suocera, e il suo dolore per quella perdita è probabilmente equiparabile al mio.

Ci sediamo intorno al tavolo della sala da pranzo: tre paia di occhi mi guardano nel modo tipico degli esordienti, di quelli al primo funerale, mi guardano come se potessi aiutarli davvero. E io li aiuto.

La cameriera porta un vassoio con i caffè e io rompo il ghiaccio chiedendo quale orario abbiano scelto per l'omelia; con una certa soddisfazione, la donna, Marta, dice che è riuscita a ottenere la tarda mattinata, nonostante don Marcos avesse tentato di piazzarli nel primo pomeriggio. Poi sfogliamo il catalogo delle bare e a questo punto la donna inforca gli occhiali da lettura per valutare meglio i modelli, ma subito li sfila e guarda altrove, come a dissimulare un moto di nausea. La bara alla fine l'ha scelta il primogenito, un modello deluxe senza cafonate. Copertura floreale completa, con rose bianche e gialle. Autocarro Mercedes SEC 4000 canna di fucile. Un classico.

Il fratello minore fuma a ruota libera, poi sparisce per qualche minuto in cucina e quando torna mi sembra di avvertire un aroma di alcol, ma subito ingoia delle mentine. Ne deduco che non ha superato alcun dolore e che la sua non è rassegnata passività: è in piena negazione, e probabilmente sarà quello che in chiesa piangerà più forte.

Io proseguo e tutto fila liscio fino alla domanda che scuote le fondamenta: sepoltura o cremazione?

I fratelli si guardano incerti per un istante, lasciando campo libero alla nuora che parte in quarta con la cremazione.

Dice che ne avevano parlato, lei e la suocera.

I fratelli sembrano feriti, si sentono esclusi, succede spesso: viene sempre fuori un qualche discorso che il defunto aveva fatto con qualcuno ma non con qualcun altro.

La membrana è il luogo dei discorsi esclusivi.

Quindi, cremazione. Per me non fa differenza, sinceramente. Però quelli che scelgono la cremazione mi piacciono di più. L'idea di tutte le bare che abitano la terra mi dà fastidio. Cioè, l'immagine di questa immensa cintura stipata di morti, tra i due e i quattro metri sotto il suolo, mi spaventa anche un po'. Tipo tettonica a zolle, ma di bare. Un grosso terremoto potrebbe risputarle fuori. Ci penso spesso. Con la cremazione, invece, è cenere alla cenere. Più igienico, ecologico. Ma la questione è più delicata di così. Ogni volta che mi è toccato consegnare ai parenti le urne con le ceneri ho avuto la stessa impressione, l'impressione che per un attimo mi guardassero dietro le spalle, in cerca di qualcuno, come se mi portassi addosso i loro morti. Il fatto che non ci sia più nessun corpo da nessuna parte li spiazza tutti, senza eccezione. Il corpo ha questa potenza sinistra, soprattutto il corpo morto. Era Antigone, quella che ha piantato un quarantotto per il corpo del fratello? Mi pare di sì. Io ho fatto il classico. Ed è uno dei motivi per cui, secondo mia moglie, non dovrei fare il becchino. Che parola stupida. A volte provo a parlarle della membrana e di tutto questo mondo nuovo, nuovo per me. Lei mi guarda come se fossi disturbato. Fa la commessa da Intimissimi e la morte le fa senso, dice, come se non la riguardasse. Come se uno potesse scegliere. Ho provato a insinuare che vestire i manichini non è tanto diverso da quello che faccio io, volevo farla ridere ma a lei veniva da vomitare.

L'anno scorso mi ha convinto a tentare nel campo dell'immobiliare. Per un paio di mesi ho lavorato in prova alla Immorent, l'agenzia di un suo cugino, chiedendo l'orario ridotto alla Gea. Vedevano una grande carriera per me. La mattina facevo le visite per le pompe funebri, il pomeriggio per l'agenzia immobiliare. Un po' caotico ma istruttivo, e poi non dovevo neanche cambiarmi, perché a quanto pare le scarpe a bara vanno anche tra gli agenti immobiliari. La paga è la stessa.

«Non è più divertente?» mi chiedeva mia moglie, la sera, quando tornavo a casa. Io rispondevo in modo evasivo perché l'unica risposta sincera, che lei non avrebbe capito, sarebbe stata: *No, niente affatto*. Anche quelli che cercano casa hanno bisogno di te, d'accordo, ma le persone che trovi dentro la membrana sono morbide, come dire, sono nello stato di grazia del dolore. Non hanno tempo di essere scortesi, anzi, nei tre o quattro giorni che precedono il funerale le persone sono come possedute da una bontà universale, sommerse da messaggi d'affetto che piovono da ogni parte; è il momento in cui tornano gli amici perduti, si rifanno vivi amori finiti, si sospendono tutte le incombenze e la vita sembra fermarsi per non darti fastidio.

La membrana è un'apnea, una commozione cerebrale, anche chi si professa ateo si trova a parlare con il suo morto, a chiedergli di che colore vorrebbe le rose e da quale requiem vorrebbe essere accompagnato. E tu puoi sentirti un semplice burocrate, uno spazzino, ma io credo di essere anche qualcosa di più, come un prete prima del prete: lui accompagna il defunto a Dio, io sono l'ultimo tramite d'amore per chi resta.

L'ho capito per la cosa delle somiglianze. Spesso le trovano. Di solito succede sul finire della visita, quando la tensione si è smorzata e magari sono riuscito a farli sorridere. È a quel punto che qualcuno, di solito una donna, sussurra a qualcun altro nella stanza: «Lo vedi anche tu?». E viene fuori che in qualche modo, da qualche angolazione e in un momento molto preciso della sua vita, ho qualcosa che ricorda il defunto. Il naso, il sorriso, la voce, qualcosa. All'inizio ci ho creduto e mi ha fatto impressione, mi sembravano coincidenze macabre, perché effettivamente, dalle foto, ho colto anch'io qualche vaga somiglianza. Però una volta era un nano di settantadue anni e una volta era una ragazza mulatta, e allora ho capito che trovare somiglianze fa parte dei sintomi, è un tratto tipico della membrana.

Non ci provo nemmeno, a spiegarlo a mia moglie.

Con quelli che cercano casa, invece, sei uno qualsiasi tra ventidue altri agenti che lavorano per loro, è per questo che arrivano in ritardo, o non si presentano, o se si presentano sbagliano il tuo nome e sono isterici e, dopo le visite, quasi sempre delusi.

E quindi dopo due mesi ho salutato la Immorent e sono tornato a tempo pieno alla Gea. A mia moglie ho detto solo che preferisco trovare l'ultima casa, solo quella, per clienti che non si lamentano mai. Stop.

«E tutti questi anni di calcetto?» mi fa lei.

«Cosa c'entra?».

«Potresti fare l'allenatore. Ci hai mai pensato?».

Io vorrei separarmi, e invece ci penso.

Tornando alle onoranze della psichiatra, il problema è stato che proprio ieri mattina in azienda è arrivata la notizia di un blocco al forno di Milano. Si è rotto il terzo impianto crematorio e quindi si è creata una gran congestione di bare da smaltire. La situazione è peggiorata velocemente e hanno deciso di dirottare i nuovi arrivi al forno della val Cuvia.

Glielo spiego con l'espressione di chi ha il controllo della faccenda.

I fratelli mi guardano come se fossi appena sbarcato dalla Luna. Loro non lo sanno, ma sembrano tutti sbronzi. La membrana è un regime di follia temporanea.

Semplifico, e dico loro che possono scegliere: mandare la mamma in val Cuvia per velocizzare la pratica oppure aspettare che si sblocchi il forno di Milano e riavere le ceneri in quattro o cinque giorni. Senza pensarci due volte, scelgono la val Cuvia. Chiedono se debba esserci un parente o qualcuno ad accompagnare il feretro, io dico di no, loro annuiscono in sincrono. È sempre così, nella membrana:

è tutto un muoversi tra sgomenti e sollievi, con una strana fretta e molta unanimità.

Io penso al viaggio solitario di questa signora con un autista sconosciuto e un po' mi dispiace, io la accompagnerei, è proprio il suo ultimo ultimo viaggio, ma non dico niente. Non è mica mia madre.

Io la mia l'ho accompagnata, l'anno scorso.

L'ho riportata a casa, dalle parti di Vicenza, ed è stato un viaggio nel tempo. Ho curato tutto io, ovviamente, ogni dettaglio: niente cipria, niente rossetto, ranuncoli bianchi. Ho ripensato a quel primo funerale, quello del signore per cui lavorava. Al ragazzino che lei accudiva, Leo, alla mia gelosia così cieca e puerile. E in quel nostro ultimo viaggio, mentre l'autista ci portava con l'autocarro e la strada sfilava via dai finestrini, ho allungato il braccio sul suo feretro come lei aveva allungato il braccio sulle mie spalle quel giorno in chiesa, e da quel contatto è riemersa perfetta, intatta, la gelosia che avevo provato per lei, la sete inesauribile del suo amore.

«Sei triste?» mi ha chiesto mia moglie. Io ho annuito, ma ovviamente non era quello il punto.

La visita è quasi finita, mostro loro il preventivo. Nessuno discute mai nessuna cifra, cosa che rende questo mestiere più agevole di qualsiasi altro, e ogni volta mi chiedo perché. Ovviamente non si hanno molti termini di paragone, al massimo se ne ha uno solo quando si tratta dei genitori, e poi credo che dare un prezzo alla morte sia davvero difficile.

Comunque, incasso l'assegno e stringo le mani in successione. Forse mi sbaglio, ma mi sembra che la donna tenga la presa più del necessario, come se mi volesse trattenere. Mi chiede il biglietto da visita e lo legge come se fosse un biglietto d'amore. È strano, ma credo ci sia qualcosa di seduttivo nel mio ruolo. Vorrebbe venire via con me? Probabilmente non ne può più di stare nella membrana di suo marito.

Il fratello minore mi accompagna alla porta. Visto da dietro, nel suo passo prima veloce e poi più stanco, mi sembra molto solo. Gli guardo le mani, non porta la fede, forse è solo davvero. Chissà se è meglio non avere una moglie o averne una che non capisce niente di niente, come la mia.

«Allora, arrivederci» gli dico.

Lui non risponde, starà rimuginando sulla faccenda delle bare congestionate.

Poi, aprendo la porta, per la prima volta mi guarda davvero.

«La vedremo al funerale? Sa, per controllare che tutto vada bene».

Mi chiedo sempre cosa potrebbe andare male.

«Ci conti» dico io. «Andrà tutto benissimo, non si preoccupi».

Chiamo l'ascensore e lui resta in attesa con me, sulla soglia.

Potrei aggiungere qualcosa.

Potrei dirgli che di quella mattina si ricorderà poco o nulla e che magari, nella folla del sagrato, non mi riconoscerà neanche. Succede.

Potrei dirgli di non spaventarsi se non soffre subito: lui crede di essere qui, ancora sull'orlo di qualcosa, ma in realtà è già laggiù, nella membrana. E vorrei dirgli anche che quando ne sarà uscito gli mancherà un po', la membrana. Questa strana scatola morbida, la seconda placenta che ci partorisce di nuovo, un po' diversi. Non posso dirlo ma è così, io lo so. È il mio lavoro.

La porta si richiude, l'ascensore non arriva, infilo le scale. Ho un'altra visita da fare, un'altra membrana da varcare con le mie brutte scarpe.

QUINTO

Aiuto

«Ma tu ci sei mai stata, in Puglia?».

Irene annuì senza aggiungere nulla, lasciando gli altri tre in una specie di suspense, mentre Filippo svuotava la seconda bottiglia di vino nel proprio bicchiere.

La suspense in realtà era solo sua, perché le era venuto il sospetto che per i suoi vecchi amici amare o meno la Puglia fosse diventato uno spartiacque tra l'appartenenza o l'esclusione da una nuova stagione della vita.

C'erano stati, lei e Riccardo.

Anni prima, quando della Puglia parlavano solo i pugliesi, e neanche troppo bene, in realtà, perché volevano venire tutti a Milano. L'avevano girata in macchina, visitando Lecce e fermandosi qualche giorno in una masseria che da allora, in pochi anni, era diventata meta di pellegrinaggio chic, d'accordo, ma ai tempi non era altro che un posto dimesso. L'unica cosa che Irene ricordava della loro stanza senza bagno era una croce di legno appesa al muro, con sopra un rametto d'ulivo. Non aveva mai amato le croci.

Ricordava spiagge lontanissime e roventi, muretti a secco diligenti come schiene piegate al sole e, naturalmente, gli ulivi. Ulivi su ulivi.

«Hai visto che muretti?» diceva Riccardo ogni venti minuti. «No, dico: siamo nel Sud Italia, ti saresti aspettata un paesaggio così ordinato? La Puglia è la Svizzera del Sud».

Irene aveva riso di quel paragone.

«Fammi capire: cos'è che ti piace? Il Sud Italia o la Svizzera?». Come succedeva spesso, Riccardo aveva cambiato discorso.

«Se non ci sbrighiamo daranno via il nostro tavolo» disse Marta. Edoardo, il cognato, la ignorava deliberatamente e apriva la terza bottiglia.

Filippo fingeva di dividere il bicchiere con sua moglie, ma in realtà non lo mollava mai. Irene pensò che probabilmente tutto il loro matrimonio era così: Filippo fingeva di condividere ogni cosa con Marta e invece facevano solo quello che voleva lui.

Aveva accettato il loro invito a cena per sentirsi ancora parte di qualcosa, forse, ma non ne era più tanto sicura. Anzi, vedere le vite degli altri procedere come sempre, senza strappi, la stava deprimendo terribilmente.

Marta, poi, si era messa in testa di accoppiarla con Edoardo, il fratello minore di Filippo, nonostante si conoscessero tutti da vent'anni e né Irene né Edoardo avessero mai dimostrato un particolare interesse reciproco.

«È perché non ci avete mai pensato» le aveva detto Marta in una delle sue telefonate disturbate, quelle che infilava tra il banco del pesce e il verduraio del mercato.

«Dici? Basta pensarci?» le aveva chiesto Irene.

«Non siete mai stati single contemporaneamente. Rifletticі» le aveva ingiunto Marta, e poi, con lo stesso tono, aveva ordinato mezzo chilo di zucchine senza fiore e tre avocado maturi.

Irene ci aveva riflettuto spostando il telefono da un orecchio all'altro.

«Ma Edoardo non sta con una certa Claudia, ora?».

«Non conta» aveva tagliato corto Marta. «Non la conosce nessuno».

«E comunque» seconda rimostranza «scusa se mi permetto, ma Edoardo è alcolizzato».

«Ah, ma allora ci risiamo!» aveva sbottato Marta, con una mossa teatrale che Irene immaginava perfettamente: al centro del mercato, un braccio alzato a roteare il sacchetto delle zucchine. «Dio santo, Irene! Tu vuoi l'Uomo Perfetto!».

«No, be', ma se è alcolizzato...».

«Due etti di olive taggiasche e i taralli. Senza glutine».

«E fidanzato...».

«Ti ricordo che l'Uomo Perfetto non esiste».

«Lo so».

«Domani sera, da me».

E quindi eccoli lì, seduti intorno al tavolo, al centro le olive taggiasche e i taralli senza glutine al finocchio, che sapevano di sabbia compattata.

«Quest'estate devi assolutamente venire a trovarci» le disse Filippo.

«Sì, vieni» gli fece eco Marta, che si sentiva sempre chiamata a validare gli enunciati del marito. «Ci sarai anche tu, Edoardo, vero?».

La versione fidanzata e alcolizzata dell'Uomo Perfetto annuiva.

Era dunque arrivato: l'ennesimo invito in Puglia. Ma perché?

Sia Edoardo sia Filippo, e un lungo elenco di altri suoi amici, erano cascati in quell'infatuazione misteriosa e avevano comprato delle proprietà nel Salento, inaugurando cantieri infiniti e sorprendentemente complicati. A Irene sembrava che la Puglia fosse diventata un virus dilagante, che stava piano piano contagiando tutti quelli che conosceva.

L'unica cosa che Irene aveva amato erano, appunto, gli ulivi, ma da quando la Puglia era diventata una dimensione spirituale gli ulivi avevano invaso anche la Brianza.

«La casa sarà pronta, per luglio» disse Marta. «Vieni a trovarci».

«Sarà pronta? Sicura?». Filippo sembrava spiazzato, quasi allarmato all'idea che il suo complicatissimo cantiere potesse chiudersi davvero.

Ecco cosa piaceva ai milanesi della Puglia: avere un cantiere infinito di cui parlare infinitamente. Una specie di trasporto archeologico, all'inizio, che poi assurgeva a ossessione da finitura.

Irene prese un respiro che le diede coraggio.

«Grazie, ma non posso».

«Hai altri programmi?» chiese Filippo, quasi sorpreso.

«No» disse Irene. «Ma in Puglia non ci metto piede».

Marta inclinò la testa, trovando evidentemente difficile processare quell'informazione, e poi abbozzò una risata, dando per scontato che Irene scherzasse.

«E perché mai?» chiese.

«Perché no» disse Irene.

«Forse non ti ricordi il mare che c'è» suggerì Filippo, tentando un salvataggio.

«Il mare della Puglia si chiama Mediterraneo e circonda tutto lo stivale» disse lei.

«Ma cosa ti ha fatto la Puglia?». Marta aveva la tendenza a prendere tutto sul personale.

«Niente» disse Irene. «È questo rigurgito di colonialismo. Di colpo, tutti in Puglia a comprare case, a ristrutturare ruderi, a ricreare l'enclave. Andate fino in Puglia per frequentare le stesse persone che frequentate in corso Magenta, però in caftano».

Edoardo fu l'unico ad annuire. Era già brillo.

«È una terra meravigliosa» continuò Marta, quasi ferita. Era una donna tenace.

«Certo che lo è» disse Irene. «Ma senza le vostre squadre

di architetti milanesi o inglesi che cercano di trasfigurarla in una categoria kantiana».

Irene sorrise per tentare di ammorbidire quell'uscita, ma nessuno la seguì e il suo sorriso le rimase sulla faccia come una crepa. Era bastato così poco per varcare lo spartiacque dell'esclusione? Tanto valeva dirla tutta.

«È la mistica della Puglia, a essere insopportabile. È iniziata come una bella scoperta, anche se vi segnalo che era lì anche quando tutti i venerdì sera eravate in coda per la Liguria o per la Versilia. Poi è salita al livello di argomento di conversazione, e poi d'investimento intelligente. Ora siamo nella mistica».

Irene sfiorò il bicchiere ancora pieno, chiedendosi se qualcuno si fosse accorto che non beveva più, e si guardò le mani di sfuggita. Aveva tolto la fede, che aveva lasciato un leggero avvallamento sull'anulare. Sarebbe svanito, con il tempo? O restava per sempre? Pensò a quanto le sarebbe piaciuto raggiungere Edoardo in una bella sbronza. Bere l'avrebbe fatta tornare nel branco, forse, la distanza dai suoi amici si sarebbe ridotta e alla fine le sarebbe piaciuta anche la Puglia, anzi, avrebbero concluso la serata fissando le date del suo soggiorno sul calendario.

Edoardo le fece un cenno con la testa che non voleva dire niente e Irene rimase a guardarlo. Le piaceva, in effetti. Sembrava la versione punk di Filippo. La sua noncuranza verso tutti e tutto, tranne che verso la bottiglia, era un sentimento che conosceva bene, il più puro in quella cucina.

«È solo un posto di vacanza» disse Filippo. «Non la farei tanto lunga».

Ecco la mossa: sminuirsi per disarmare il nemico. Come il cane che mostra il collo al cane più aggressivo. Fino a un minuto prima la Puglia era un'affermazione identitaria, la nuova porta della percezione, ora improvvisamente era solo un posto di vacanza.

«Sì, certo» disse Irene. Il cane aggressivo a quel punto si accuccia.

«E poi, sai» aggiunse Marta, con un rimprovero sotto il sorriso «è stato un inverno molto faticoso, per noi».

Solo allora Irene si ricordò che Edoardo e Filippo avevano perso la madre da poco.

Era anche stata al funerale, ma senza alcun trasporto emotivo, perché il suo unico pensiero, quella mattina, era che avrebbe rivisto Riccardo. Infatti era lì, tra le prime file, con gli amici della famiglia. Lui, voltandosi, l'aveva vista e aveva cercato il suo sguardo, ma Irene si era girata verso Marta, che aveva pensato bene, per l'occasione, di indossare un caftano bianco.

«È ora di andare» disse Filippo, ossessionato dalle prenotazioni quasi quanto dal Salento. Irene si alzò.

«Vado un attimo in bagno».

«Sai dov'è» disse Marta.

Percorse il corridoio sospinta dall'aura nera che aveva lasciato in cucina.

Si chiuse la porta alle spalle e si guardò nello specchio. Aveva la faccia da stronza. Le veniva sempre quando voleva avere ragione a tutti i costi. Provò ad ammorbidirla in un sorriso. Una stronza sorridente.

«Sembra un po' fuori di testa» sussurrò Filippo addentando un tarallo.

«Da quando si è lasciata con Riccardo» sussurrò Marta controllando il corridoio «ha questa rabbia... crede di dover dire sempre quello che pensa».

«È tipo un disturbo?» chiese Filippo.

«Mah, non so» disse Marta chiudendo l'argomento. «E tu, invece, Edoardo?».

Lui la guardò vuotando l'ennesimo bicchiere.

«Ti vedi ancora con quella Claudia?».

«Sì, ma stasera è con suo marito».

«Suo *marito*?».

«Sì, cioè, *ex* marito».

«Ah, già. Ed ex alcolizzato, pare» sibilò lei.

Edoardo la guardò stupito.

«Così dicono» confermò Filippo. «Abbiamo le nostre fonti».

«Un ex al quadrato, insomma» disse Edoardo.

Marta emise un sospiro condiscendente, abbozzando un motivetto senza struttura mentre ritirava i bicchieri. Accarezzava il pensiero che l'ex moglie dell'ex al quadrato avesse i giorni contati e avrebbe presto lasciato il posto a Irene. Così prevedeva il suo piano, che in teoria mirava alla felicità dei suoi amici, ma che in realtà voleva solo ristabilire un ordine sociale: gli amici single a questa età sono scomodi, ti ricordano che può succedere anche a te, spesso sono nervosi e forse portano anche sfiga. Poi non sai mai con chi combinarli e ti sparigliano i posti a tavola.

Irene prendeva tempo in bagno, non le scappava nessuna pipì ma non aveva voglia di tornare di là, tantomeno di proseguire la serata con loro. Non era la Puglia, era che non le piacevano più i suoi amici e le mancavano da morire.

In realtà le piacevano singolarmente, come individui, tranne Filippo, forse, che era aggressivo e vegano. Un vegano aggressivo.

Era vederli insieme, a formare branchi tremebondi il cui collante sembrava la paura di trovarsi soli. O forse erano semplicemente più bravi e più corretti di lei. Gente che aveva scelto una moglie, un marito, una spiaggia, una dieta, e che riusciva a non cambiare mai idea.

Ci voleva talento per nascondersi nei cantieri e nelle cene. Ci voleva una buona dose di umiltà per affiliarsi continuamente a nuovi culti e a nuove crociate. La mistica del Salone del Mobile, la sindrome da serie televisiva, il culto del vintage e dell'avocado, la guerra culturale al glutine, lo spirituale nella moda, la dimensione affettiva del wi-fi. La foga con cui vedeva i suoi amici attaccarsi a costumi e a sentimenti nuovi le sembrava un segno di fragilità estrema, fastidiosa, che portava a un curioso ribaltamento: le loro esistenze parevano ridotte a supporti, a schermi in attesa di una proiezione di eventi condivisibili, comunitari, che godevano di un livello di esistenza superiore. Dalla cucina le arrivavano scampoli di parole: Marta stava raccontando di un flash-mob che aveva visto in corso Garibaldi, una sfilata di moda dove non si vedevano i vestiti perché i modelli (moda uomo) erano avvolti in coperte di polietilene dorato. «Quelle che si usano per i profughi o per gli incidenti» aveva detto qualcuno. Forse Edoardo? E a tutti sembrava un'idea *divertente* e molto *concettuale*.

Anche lei e Riccardo erano stati così, impressionabili e agnostici?

Ci avevano provato, ma non abbastanza. Non erano riusciti a nascondersi così bene l'uno nell'altra e insieme in un insieme più vasto, non avevano trovato la loro Puglia, né il loro stile né la restrizione alimentare giusta, e si erano persi nella reciproca distanza. Ma allora cos'era, adesso, che le mancava come l'aria: la sua esistenza particolare, quella con Riccardo, o la sua esistenza più vasta, quella con i suoi simili? Forse le mancava solo l'alcol.

Tornò in cucina.

«Tra dieci giorni» stava dicendo Filippo. «Non vediamo l'ora».

A Marta brillavano gli occhi.

«Cosa succede tra dieci giorni?» chiese Irene, nel tentativo di riconnettersi al genere umano.

«Andiamo a vedere il *Giudizio universale*» disse Marta. «Animato» aggiunse.

«Animato?».

«Praticamente è un'animazione digitale» spiegava Filippo «proprio dentro la Cappella Sistina. Anziché l'affresco vedi l'animazione in 3D».

«E Michelangelo, cosa ne dice?». Questo era Edoardo, ma nessuno gli rispose.

«Sarà come esserci in mezzo» proseguì Marta. «Così vedi tutta la storia. In 3D! Ventisettemila prenotazioni, vi rendete conto?».

Irene voleva chiedere a Edoardo, che era avvocato, se esiste la violenza privata di gruppo come capo d'accusa per l'ideatore del *Giudizio universale* in 3D, ma davanti ai ventisettemila fan dell'animazione di Dio lasciò perdere.

Marta la graziò. «È tardi» disse. «Andiamo?».

Si alzarono tutti, Irene per ultima.

«Dov'è, esattamente, il ristorante?» chiese Edoardo, tanto per dire qualcosa.

«Facilissimo» si azionò Filippo. «Prendi corso San Gottardo, superi via Meda».

«Poi a destra?».

«No! È qui che devi stare attento, ci sono i cantieri».

La liturgia delle indicazioni stradali: Filippo ne era il sommo vate.

Irene li guardava. Davvero stavano parlando di cantieri, ancora?

«Io non vengo» disse.

Avrebbe voluto scusarsi, e avrebbe voluto che loro si scusassero con lei.

La rapidità con cui tutti le dissero: «No, dai, perché» fu corale quanto il loro sollievo.

«Ho un po' di mal di testa» disse.

«Vuoi un passaggio a casa?» le chiese Marta.

«No, grazie, ho la macchina».

E ancora: avrebbe voluto scusarsi, e avrebbe voluto che loro si scusassero con lei.

Uscirono insieme dal palazzo e Marta le diede due baci sulle guance con l'energia che avrebbe messo in due schiaffi. Irene si sottrasse allo sguardo offeso dell'amica baciando anche Edoardo e Filippo, e attraversò la strada a passo spedito. Salì in macchina e per la prima volta quella sera si sentì felice: finalmente poteva fumare. Avviò il motore e partì quasi in sgommata, come se accelerando potesse sfuggire al pensiero di quello che i suoi amici avrebbero detto di lei, di com'era diventata acida, critica, solitaria. *Strana*, avrebbero detto all'inizio; *Sfortunata*, avrebbero detto poi, accomodandosi nella compassione come nella più bonaria forma di disprezzo.

Forse era davvero una brutta sindrome, la sua. Avviandosi nella strada già quasi buia pensò che stava varcando una soglia pericolosa, e che non riusciva più a conversare con nessuno. La Puglia le scatenava una specie di psicosi, d'accordo, forse aveva un problema, ma la storia del *Giudizio universale* animato era spaventosa, possibile che nessuno si ribellasse? Il processo era chiaro e agiva sui livelli di esistenza delle cose: ciò che avrebbe dovuto essere eterno e intoccabile – Michelangelo, Dio, la sospensione estatica dell'arte – veniva tirato giù, trascinato nella dimensione dell'Evento, e ciò che avrebbe dovuto essere una trovata trascurabile e stupida – la sfilata con le coperte da profughi – lasciava nell'immaginario delle persone un'orma eterea. Non era l'inizio della fine?

Era dunque giunto, il giudizio universale. Ed era questo: un evento in 3D.

Riccardo avrebbe capito.

Ferma al semaforo, pensò se le conveniva andare a destra o a sinistra. Era uguale, lo era sempre stato, ma Riccardo a quel semaforo andava a destra e quindi sarebbe andata a destra anche lei. Voleva smorzare la brace della ribellione e sentirsi più vicina all'umanità.

Qual era la natura esatta del suo torto? Perché non poteva semplicemente amare quello che amano gli altri, andare in Puglia senza rompere i coglioni, godersi un bel flash-mob in corso Garibaldi scattando foto? Perché lei e Riccardo non ce l'avevano fatta?

Viale Papiniano era vuoto e più buio del solito. Gettò un'occhiata al balcone della sua ex analista pensando, per un istante solo, che forse avrebbe potuto richiamarla. Accelerò infilando la curva del carcere prima che l'idea prendesse forma e con una mano cercò il telefono nella borsa. Voleva chiamare Riccardo. Lo chiamava sempre quando rientrava a casa, ed erano proprio quelli i momenti in cui sentiva il vuoto, quando si rendeva conto che a certi automatismi non corrispondeva più niente. Guardò il display, se Riccardo era online avrebbe visto che era online anche lei, e quindi, e quindi?

Accadde lì, appena dopo la curva.

Una bicicletta improvvisamente in strada, una figura buia e lontana, poi di colpo davanti ai fari e vicina, troppo vicina, il metallo della bici e il rosso di un maglione. Frenò con tutto il suo peso, quasi in piedi sul pedale, sentì le gomme stridere sull'asfalto e un botto sul cofano.

«Cazzo!» urlò Irene. «Cazzo cazzo cazzo».

Sulla parte destra del parabrezza c'erano capelli biondi e i palmi di due mani spaventosamente piccole.

Scese dalla macchina guardandosi intorno come alla ricerca di aiuto. Il cuore, prima sospeso nel vuoto, riprese a battere sempre più forte.

L'ho ammazzata, pensò. *Fai che non l'abbia ammazzata*.

Non c'era anima viva tranne un cieco, dall'altra parte del viale. Procedeva ignaro spianando la strada con un lungo bastone bianco.

Irene fece il giro dell'auto con le gambe che tremavano, non riusciva quasi a camminare.

«Non ti ho vista» disse piano, poi più forte: «Mi senti?».

Le sembrò di percepire un mugolio. Sperò fortissimo di sentirlo davvero.

«Non ti ho vista» ripeteva. «Non si attraversa la strada così».

Non sapeva se piangere o urlare, non trovava nient'altro da dire e si guardava intorno implorante: *Muoviti*, pensava, *di' qualcosa*.

La ragazza – una bambina, una nana? – alzò la testa, la girò, trovò il suo sguardo. Un rigo di sangue iniziava a scenderle dalla tempia.

«Guardavi il telefono!» urlò la ragazzina. «Brutta stronza».

Ripetendo queste parole – "stronza" e "telefono" – scivolò giù dal cofano, cercando un equilibrio sulle gambe sottili. Si rimise in piedi, controllandosi tutta, le braccia, le gambe, tastandosi il petto, piatto come quello di un maschio.

Irene sentiva la paura vibrarle dentro come un secondo respiro.

«Come stai? Come ti senti?».

«Non lo so» disse la ragazzina. «Guarda la mia bici!».

La bicicletta era a terra a qualche metro da loro, con il manubrio in una posa tragica e la ruota che girava ancora.

«Mi dispiace, non ti ho proprio vista, mi dispiace» continuava a ripetere Irene, aprendo la portiera del passeggero. «Siediti qui» disse.

La ragazzina barcollò sul primo passo ma poi saltò in macchina con un'agilità sorprendente.

«Chiamo l'ambulanza» disse Irene, cercando di mettere ordine tra i pensieri.

«No».

«Sì, invece».

«No! Non ho nessun bisogno dell'ambulanza».

«Ma perdi sangue dalla tempia».

«È solo un graffio» disse, e intanto si tamponava il sangue con la manica della felpa.

Aveva il corpo minuto e senza forme di una dodicenne, ma lo sguardo era quello di un'adulta.

«Quanti anni hai?» le chiese Irene.

La ragazzina la guardò come se fosse una domanda incomprensibile. Non sbatteva mai le palpebre.

«Portami a casa» le disse.

Irene annuì e fece per risalire in macchina, ma poi si ricordò della bicicletta. Non poteva lasciarla in mezzo alla strada. Si voltò ma non la vide. Fece il giro dell'auto guardandosi intorno, ma niente. La bici era sparita. Possibile che l'avesse rubata il cieco? Stava iniziando a dare i numeri.

Si chinò sul finestrino. La ragazzina fissava il vuoto.

«La tua bici...».

«Lascia perdere» disse lei. «Portami a casa e basta».

Le disse di andare verso il Cimitero Monumentale.

Irene guidava pianissimo, ancora atterrita, e ogni tanto le lanciava un'occhiata per assicurarsi che stesse bene.

«Come ti senti? È solo un graffio?».

La ragazzina si studiava nello specchietto del parasole.

«Brutta stronza» sussurrava.

«Mi sono distratta un attimo, dovevo chiamare mio marito...».

La ragazzina si mise improvvisamente a ridere.

«Oh, ma tu non ce l'hai, un marito» disse.

Irene la guardò.

«Guarda la strada, per favore».

«Sì che ce l'ho».

«No che non ce l'hai» continuò lei. «E non hai nemmeno degli amici».

«Ma no, ti assicuro che...».

«Vuoi guardare la cazzo di strada, per favore?».

«Sì che ho degli amici».

«E cosa ci fai da sola a investire la gente il venerdì sera?».

Era venerdì sera, effettivamente.

«Ero con loro fino a poco fa».

«Certo, ma poi hai preferito andartene perché ti senti superiore e tanto incompresa. Non sono *amici*».

Irene le guardò le mani. Erano davvero piccole e si mangiava le unghie.

«Cerco una farmacia» disse Irene, e le tremava la voce. «Continui a sanguinare».

«Il fatto è» continuò la ragazzina «che non sono i tuoi amici a essere diventati stronzi, sei tu che sei uscita dal branco. E sai cosa ti dico? Che non si può più tornare indietro».

La croce verde della farmacia riluceva nel buio e prometteva riparo.

«E la Puglia è una figata, ok?».

Irene la guardò allibita e accostò.

«Ti prendo i cerotti».

La ragazzina le afferrò il polso e sfoderò un tono di voce nuovo, dolcissimo.

«Possiamo essere amiche io e te, se vuoi».

«Io sono Irene» disse come ipnotizzata dal rigo di sangue.

«Io sono Bea. E più che i cerotti vorrei dei sonniferi».

Irene entrò nella luce bianca della farmacia e si mise in attesa del suo turno, sentendosi barcollare. Per un attimo ebbe paura di sembrare una tossica, quindi raddrizzò le spalle in una postura che suggerisse decoro.

L'uomo davanti a lei indossava un camice verde, forse era un infermiere, certamente era straniero: corpulento, tarchiato, i capelli neri rigidi di gommina. Solo in un secondo momento Irene si accorse che ai suoi piedi si agitava un cane, di razza indefinibile ma chiaramente malconcio. Non aveva guinzaglio eppure si muoveva intorno al padrone come se l'avesse, nel raggio breve e definito di un'ombra. L'uomo, che evidentemente era un cliente abituale, scambiava due battute con la farmacista, trascinando le parole in un accento strano, e intanto infilava grandi bocce di soluzione fisiologica in una borsa di cuoio. Girandosi per andarsene la sfiorò con uno sguardo nero e lucente, e a Irene sembrò di riconoscerlo. Possibile che l'avesse già visto? Si voltò a guardarlo, ma era già in strada.

«Desidera?» il tono della farmacista le parve severo. Si vedeva? Si vedeva che era stufa, senza amici, senza marito e con una ragazzina appena investita in macchina? Qualcosa doveva vedersi, perché le diede i sonniferi senza fare storie.

Trovò la macchina vuota. Bea se n'era andata.

Magari era scesa soltanto per sgranchirsi le gambe. Intorno non c'era nessuno, ma proprio nessuno. Irene si voltò di scatto per vedere se c'era almeno la farmacia, colta da un improvviso terrore che fosse svanita anche lei, insieme alla bici e a Bea. Ma la farmacia era lì, il suo cuore verde pulsava nella sera.

Risalì in macchina e avanzò lentamente nel viale vuoto, con il sacchetto dei cerotti e dei sonniferi al posto di Bea. Girò verso il Monumentale pensando che forse l'avrebbe ritrovata per strada, magari si era incamminata da sola. Niente.

Poteva essere una buona scusa per chiamare Riccardo. L'incidente, la ragazzina, la bici svanita, l'uomo dal camice verde che le pareva di avere già visto. E le cose che le aveva detto Bea, la sicurezza con cui sembrava conoscere i loro amici, le loro vite. Era tutto così leggibile, così esposto, oppure aveva investito una veggente, un fantasma che era svanito così come era comparso? La città era vuota.

Di certo era una storia. E nel raccontarla forse sarebbe riuscita a sciogliere qualcosa tra lei e Riccardo. Era questo che era mancato: qualcosa da raccontare. Non si erano più raccontati storie, solo ora se ne rendeva conto. Aveva lasciato che le storie si spegnessero a una a una come candele, aveva perso interesse nel raccontarle e nell'ascoltarle, e lo spazio lasciato vuoto tra loro si era riempito di programmi, di commenti, di raccordi. La fine dell'amore è la fine delle storie.

Rientrata in casa, Irene lanciò il sacchetto della farmacia sul tavolo dell'ingresso.

Pensò ai suoi amici che stavano passando una bella serata al ristorante senza troppe menate e a Riccardo che forse era già con una nuova fidanzata a pianificare una gloriosa estate in Puglia.

Pensò all'Uomo Perfetto che forse è alcolizzato e fidanzato con un'altra. Allo stupore di ventisettemila persone davanti alla mossa di Dio.

Pensò anche a Bea, che era certamente arrivata a casa, ormai, e che le aveva detto che potevano essere amiche. Non si era lasciata aiutare, anzi: si era lasciata investire ma poi non si era lasciata aiutare.

La gente era strana. Non voleva farsi aiutare. E se lei non riusciva ad aiutare nessuno, chi avrebbe mai aiutato lei?

Tirò fuori i sonniferi dal sacchetto. *Ora li prendo tutti*, pensò, *e vaffanculo*.

Invece ne mandò giù solo due e si sdraiò sul letto vestita.

SESTO

Controluce

Armen faceva così.

Entrava nelle case dei morenti con il camice verde, le bocce di acqua fisiologica e quelle sue mani tozze che sembravano appena estratte dalla terra, ma entrava per i vivi. O per coloro che, presumibilmente, lo sarebbero stati ancora un po'.

«I vivi sono quelli che se la passano peggio» diceva, ed è una di quelle cose che, per assurdo, ai vivi fa piacere sentirsi dire.

Quanto ai pazienti, lui li chiamava i liberanti.

«È come li chiamano in carcere» disse. Le gemelle si guardarono. «I liberanti sono quelli che escono» aggiunse Armen.

Anna fu sul punto di dire che lo sapevano bene, ma poi avrebbe dovuto dirgli anche del loro padre e del perché era stato in carcere, e preferì glissare.

Chiara gli fece strada verso la camera della madre – la liberante – ma Armen la precedette come seguendo un radar. Sembrava orientarsi alla perfezione in quella casa, pur non avendoci mai messo piede prima. Si fermò davanti alla porta giusta e si voltò verso Chiara, appena dietro le sue spalle, e Anna, più in fondo al corridoio. Gli bastò uno sguardo, scintillante nel controluce, per fermarle lì dov'erano ed entrare nella stanza, solo, come in un confessionale.

«È stato in galera» sussurrò Chiara ad Anna.

«Ci avrà lavorato come infermiere, no?» disse lei. «È ovvio».

Sbirciarono nella borsa di cuoio che Armen aveva lasciato in ingresso: conteneva due bocce di acqua fisiologica, un sacchettino di plastica, qualche siringa, una busta bianca da lettere, una tavola da gioco, una macchina fotografica, un guinzaglio: non c'era nulla di ovvio.

Uscito dalla stanza, Armen raccolse la borsa e senza alcuna esitazione attraversò il grande salotto, guardandosi intorno con aria soddisfatta.

«È bello, qui» disse, sprofondando nella poltrona preferita della loro madre.

Anna e Chiara si guardarono incerte, ma era la prima volta che avevano un infermiere in casa e quindi non dissero nulla: forse funzionava così.

«E nostra madre? Come le sembra?» chiese Chiara.

Armen si passò una mano nei capelli fitti e lucidi, e le sue dita lasciarono i solchi.

«Manca la gruccia della flebo» disse lui.

Chiara aveva dedicato un'intera giornata alla ricerca di quella gruccia. Senza nemmeno sapere di cosa esattamente si trattasse, per lei le grucce erano gli ometti brutti, da tintoria, quelli con cui Joan Crawford picchia la figlia in *Mammina cara*. Aveva perlustrato le farmacie di mezza Milano, entrando con il suo: «Buongiorno, avrei bisogno di una gruccia. Per le flebo». Dava per scontato che qualcuno di quei commessi con il camice pulito e gli occhialini in lega leggera avrebbe dedicato una mezz'ora a chiederle cosa fosse successo e a dirle come affrontare i giorni da adesso. A spiegarle quanto tempo mancava, quanto tempo avrebbero avuto, come si usa la flebo e come si usa la morte. Invece niente. Non aveva trovato nessuna gruccia e nessun appoggio, e la flebo penzolava dalla scala Foppapedretti che si usa per fare il cambio di stagione e mettere in alto le pellicce e i cappotti di cachemire. Mammina cara.

«La porto io domattina» disse Armen, rovistando nella sua borsa di cuoio. Le gemelle gli si erano avvicinate e gli stavano accanto come vestali. Lui studiò prima l'una e poi l'altra e si lasciò scappare una risatina.

«Wow» disse. «Siete strane, voi. Uguali uguali ma diverse diverse».

Anna e Chiara non ebbero nemmeno bisogno di guardarsi per sintonizzarsi sullo stesso, consueto pensiero: non erano uguali né diverse. Certo, sapevano bene di sembrare identiche di primo acchito, ma osservando più attentamente si notavano le differenze: Anna era incontestabilmente più bella, con lineamenti più gentili e occhi più grandi. Inoltre Chiara, per i suoi diciott'anni, aveva preteso un naso nuovo, non si capiva se per distanziarsi dalla sua gemella o per avvicinarsi alla sua bellezza. Dopo un paio di consulti diffidenti aveva deciso di farsi operare dal padre, idea che ad Anna era suonata sbagliata fin da subito; perché rimettersi nelle mani di chi ti ha già fregato una volta? Il padre aveva accettato, più per senso del dovere che per entusiasmo, e, come pronosticato da Anna, il risultato dell'intervento era stato deludente. Non tragico, ma in qualche modo distonico, aggravato dal fatto che Chiara, in Anna, avrebbe rivisto per sempre quel naso che aveva buttato via, coltivando un rancore eterno verso la sorella, verso il padre, verso il naso nuovo e verso il naso vecchio.

«Siamo gemelle» sibilò Chiara.

Armen annuì come se la cosa non lo interessasse già più, e intanto estraeva dalla borsa una serie di articoli che posava in ordine, l'uno accanto all'altro, sul tavolino da caffè: il sacchettino di plastica, una confezione di cartine e un accendino. A quel punto fu lui a sdoppiarsi in due figure così distanti – lo spacciatore e l'infermiere – da lasciarle sbigottite. Rollò una prima canna e l'accese senza dire nulla, e poi la canna iniziò a girare e le gemelle la fumarono con l'obbedienza muta che avrebbero riservato alla prescrizione di un medico o di un prete. Guardarono le scie di fumo salire al soffitto e galleggiare nella stanza come un'entità nuova, ma la nebbia più fitta era quella che sentivano allargarsi nei pensieri. Anziché spararle fuori, come avevano sperato, il fumo le risucchiò dentro. Dentro alla stupidità dei pensieri, al loro essere senza conseguenze. Le ipotesi senza tesi. Le perplessità sul sistema causa-effetto.

La stanza riservata ad Armen era quella di Chiara, e così le gemelle si ritrovarono a dormire insieme nei due letti singoli della camera di Anna, come quando erano bambine. E, ora come allora, i discorsi veri iniziavano dopo aver spento la luce.

«E se ci facesse male?» chiese Chiara.

«Armen?».

«No».

«La morte della mamma?».

«Farci le canne».

Anna ci pensò. «Tu stai male?» chiese.

«No. E tu?».

«No».

«Per la morte della mamma sì, però».

Anna annuì stupidamente nel buio.

«E se ci stessimo perdendo qualcosa?» chiese ancora Chiara.

«Di cosa?».

«Di questi giorni. Di questo momento».

«Vorrebbe dire che l'erba funziona».

«Già» disse Chiara. «Tanto poi arriva, no?».

«Cosa?».

«La cosa strana è che lo aspetto» disse poi. «Come si aspetta un amico».

Seguì un silenzio in cui Anna sentì il respiro di Chiara cambiare. Si era addormentata prima di lei, come sempre, lasciandola sola a domandarsi dove si nasconde il dolore che non si sente.

Insieme alla gruccia per la flebo, Armen portò con sé Kitsch: un incrocio bizzarro tra un volpino, un bassotto e una dozzina di altri bastardi. Il risultato era una specie di corgi, i cani della regina, ma dopo un grave incidente. Anna lo guardò attraversare la casa fino alla porta della madre e accucciarsi lì davanti, sbavando piano sul parquet. Pensò che sarebbe bastata quest'immagine a stroncarla definitivamente, ma in effetti sua madre, in quella casa, non c'era già quasi più. Kitsch emanava un odore pungente, nauseabondo, come di una pattumiera lasciata al sole. Anna fu sul punto di dire qualcosa ad Armen, ma lui era già filato in sala da pranzo e aveva tirato fuori dalla borsa la sua tavola da gioco; Chiara stava già fumando la prima canna e cercava di capire di che gioco si trattasse.

«Backgammon» ripeteva Armen, scivolando sulla sillaba centrale.

«È un gioco molto serio» diceva, irritato dalla leggerezza di Chiara che cincischiava con le pedine e con i dadi.

«Molto serio» ripeteva, rimettendo i pezzi al loro posto: il backgammon lo rendeva severo.

«Possiamo buttare un dado a testa?» chiese Chiara, stonata.

«No» disse lui. «E poi i dadi non si *buttano*. Si tirano».

Anna iniziò a tirare dadi strepitosi, sembrava abbonata al doppio 6. A ogni tiro la sua esaltazione cresceva.

«Non essere felice» le diceva lui. «La fortuna va ignorata».

«E dai...».

«È l'unico modo di tenerla vicina».

E infatti più Anna esultava per i dadi e più sbagliava tutte le mosse, e Armen la stracciava.

«Non puoi scoprirti sempre» le diceva. «Se lasci una pedina da sola, io faccio blitz, ti mangio e riparti daccapo, capisci?».

Le gemelle annuivano ma era evidente che non capivano.

«È come per voi due» disse Armen. «Quando siete insieme

siete più forti, giusto? E infatti due pedine insieme fanno un *block* e sono inattaccabili».

Anna e Chiara iniziarono a guardare le pedine con occhi diversi.

«Ma se splitti un *block*, cioè se separi le pedine e le lasci da sole, diventano deboli, in preda al nemico. Carne da macello. Chiaro?».

Improvvisamente non scoprirsi mai divenne l'unica regola imprescindibile, eppure le gemelle perdevano lo stesso.

Armen diceva che col backgammon si era mantenuto, in California.

«Gli americani sono troppo cretini, li lasciavo tutti in mutande. *Big money, you know*?».

Raccontò di tornei che l'avevano portato in giro per tutta l'America, come una rockstar in tour, e di tutte le coppe e i soldi che aveva vinto.

«E come mai poi hai smesso?» chiese Anna, ma Armen non rispose. Lo avrebbero capito dopo, cercandolo su internet, quando sia lui sia la madre erano spariti da tempo.

Forse per il backgammon o forse per le canne, i giorni con Armen fluirono in un clima strano, macabro e ludico insieme, proprio come se fossero stati spettatori di una finale, in cui alternativamente si tifava ora per la vita ora per la morte, a seconda della piega del giorno. Ma di tifare per la morte, nonostante fosse chiaro che stesse vincendo a mani basse, si vergognavano tutti, e non se lo dissero mai.

Chiara passava le mattine a fare litri di spremute, più per farle che per berle. Aveva vinto lo spremiagrumi elettrico con i punti del supermercato di viale Papiniano, un bellissimo spremiagrumi cromato dall'aria rétro, e Anna aveva riempito la cucina di arance piccole come palline da tennis.

Armen ogni tanto ne faceva roteare in aria due, poi tre, poi quattro, come un saltimbanco a una fiera di paese. «Non capisco lo spremiagrumi» disse, passando la canna a Chiara. «È pazzo. A volte gira in un senso, a volte nell'altro. Guarda».

Restarono tutti e tre a guardare lo spremiagrumi che effettivamente si divertiva a cambiare senso di rotazione e il tempo sembrò fermarsi intorno a quell'arcano. Avevano fumato troppo.

«Che nome è Armen?» gli chiese una sera Anna.

«È armeno» disse lui.

«E dov'è l'Armenia?» chiese Chiara.

«Dall'altra parte della Luna» disse. E poi rise scuotendo la testa e fendendo l'aria con un gesto ampio della mano, come a disegnare un orizzonte di altipiani caucasici e vulcani spenti. Anna pensò che se l'anima di un popolo può svelarsi per un istante nelle movenze di un suo individuo, quello era il caso. Avrebbe voluto spiegargli questa cosa, ma era troppo difficile e l'erba le aveva completamente felpato la lingua.

«E il cane?» chiedeva ogni tanto Chiara.

Kitsch era sempre ai piedi di Armen, ma era così immobile e silenzioso che era facile dimenticarsene. Lui gli dava brevi carezze sulla testa e Kitsch annusava l'aria lasciando vagare gli occhi ciechi. Armen raccontò di quando andava al canile, ogni mese, e portava via i cani decrepiti, quelli che stavano per schiattare. Non i cuccioli, ma i moribondi. Li portava a casa – dovunque fosse casa per lui in quel momento – e si facevano compagnia aspettando la morte. Poi, a cose fatte, li portava dal suo amico veterinario, che ogni volta gli offriva una sigaretta e una pacca sulla spalla.

«Questo è l'ultimo» disse Armen una sera.

«L'ultimo cane rottame?» chiese Anna.

«No, l'ultimo paziente terminale» disse lui con un certo pudore per quella parola feroce. «Voglio tornare a casa mia» aggiunse.

«In California?» chiese lei.

«In Armenia» disse lui. «A fare il mestiere che amo di più» aggiunse.

Chiara li ascoltava e non capiva quale fosse il vero mestiere di Armen. Lo spacciatore? L'infermiere? Il giocatore? Accompagnare le persone alla morte. Accompagnare i cani alla morte. Traghettare quelli che restano da una sponda all'altra del baratro, piccolo o grande che sia, per forti o deboli che siano i passeggeri, con la stessa funambolica cura. Questo sembrava il senso della vita di Armen all'epoca. Solo più avanti fu chiaro che quell'accompagnare gli altri era trascinarli con sé in una fuga.

Armen aveva raccontato che gli zii californiani avevano festeggiato il suo arrivo con cene e processioni per una settimana di fila. Il clan Serobian, in cui lui rientrava da parte di padre e dove di Armen se ne contavano almeno sei, l'aveva amato dell'amore smisurato che gli emigrati provano davanti a un esemplare della propria terra.

Lo zio Normart, capofamiglia indiscusso e personaggio di spicco nella comunità di Fresno, lo guardava e annuiva. «Sei proprio armeno» gli diceva, e poi annuivano tutti e trentadue gli altri parenti.

«Sono loro che mi hanno fatto studiare da infermiere» aveva detto Armen. «Per mio zio erano tre, le cose importanti della vita: l'Armenia, le mandorle e il backgammon».

E questo era tutto ciò che Armen aveva detto della sua America.

Su internet, invece, Anna avrebbe trovato qualche notizia in più: i Serobian erano uno dei clan di riferimento del cosiddetto *Armenian power*, un'organizzazione criminale nata negli anni Ottanta in un parcheggio di East Hollywood e che aveva allungato le mani sul traffico di droga e su altri delicati settori come il gioco d'azzardo, le frodi assicurative e i sequestri di persona. Le mandorle erano importanti davvero, a quanto si evinceva, perché il racket della frutta secca era un impero di famiglia che faceva girare decine di milioni di dollari. Questo era il quadro generale, che si arricchiva di digressioni sui contatti con la mafia russa e su storie più o meno sanguinarie di avvicendamenti alle leve del comando.

Ma la storia di Armen era un'altra e riguardava un suo cugino tredicenne, tale Ari, che era morto in circostanze misteriose. La storia della pistola era strana, perché se la casa era piena di armi e questo non aveva nulla di illegale, non si riusciva a capire come quell'incidente fosse potuto capitare proprio ad Ari, che in mezzo alle armi ci era cresciuto. Era successo una sera che era in casa con Armen, loro due soli, ed era partito uno sparo. Armen aveva dichiarato agli inquirenti che quando era salito al piano di sopra, nella stanza di Ari, non c'era già più nulla da fare, ma una vicina ne aveva sentiti due, di spari, e sulla pistola le impronte di Ari si mischiavano a quelle di Armen. Era stato un caso molto dibattuto, e che aveva diviso l'opinione pubblica tra chi lo credeva un omicidio e chi credeva nell'incidente.

Il clamore, tuttavia, si era sgonfiato in fretta davanti a casi più morbosi, e dopo un processo più mediatico che altro, Armen era stato prosciolto dal giudice, questo sì, ma ripudiato dal clan. E lì era finita la sua America.

«Vieni a vedere» disse Chiara.

Anna la raggiunse alla finestra, schermandosi gli occhi dalla luce violenta del sole.

Quella parte di casa affacciava su Santa Maria delle Grazie, sulla piazza che a entrambe ricordava le prime uscite serali degli anni del liceo, quando i loro amici fighetti arrivavano sciamando sui motorini.

Quella mattina, sul sagrato, una piccola folla si era riunita per un funerale.

Il carro funebre scintillava di cromature come una palla stroboscopica al centro di una sala da ballo. I giovani becchini erano schierati come soldati, vicini al feretro, scattanti e quasi fieri nelle divise della Gea.

A un certo punto era arrivata una signora vestita completamente di bianco, dalla testa ai piedi. Aveva solcato la folla del sagrato con lo spolverino che svolazzava come un velo da sposa, innescando in tutti, comprese le gemelle alla finestra, ragionamenti sullo stile etno-chic.

«Il bianco è il colore del lutto in Oriente» disse Anna, intercettando l'irritazione di Chiara.

«Ma siamo in Italia» aveva detto lei.

«Siamo a Milano» precisò Anna «e nulla è più milanese dell'etnico».

«Se si presenta una vestita di bianco la prendo a calci in culo» disse Chiara, asciugandosi una lacrima. Da qualche giorno le capitava di lacrimare così, senza intenzione né un'emozione precisa. Piccoli rivoli di lacrime sgorgavano in modo spontaneo, quasi meccanico, come provenienti da una faglia geologica misteriosa.

«Non ne posso più» disse poi. «Se penso che i prossimi mesi saranno tutti così...».

Anna le prese il viso tra le mani, cercando il suo sguardo. «Mesi?» le chiese. «Ma quali mesi?».

Chiara si liberò dalla presa e si voltò a tirare le tende della finestra. La stanza piombò in un buio che impiegò qualche secondo a schiarirsi in penombra.

Alle loro spalle, la madre dormiva nel suo grande letto. Dormiva sempre, ormai, e il suo volto era poco più che l'eco di un volto: un'estranea, in effetti, un'amatissima estranea.

Anna si sedette su un lato del letto e Chiara fece lo stesso, dall'altra parte.

Si sdraiarono accanto a lei, pianissimo per non svegliarla, e si presero per mano sul suo ventre.

In quel luogo fragile, appena mosso dal respiro, era stata la loro casa. E, per un attimo, lo fu di nuovo.

Era l'alba del quinto giorno quando Kitsch gorgogliò il suo ultimo rantolo sul tappeto blu della sala, lasciandosi dietro un grumo soffice di schiuma. Chiara e Armen si scambiarono uno sguardo sospeso, che era già lì da un pezzo e che loro si limitarono a riempire.

«Libero!» disse Armen.

Andò a prendere qualcosa nella sua borsa, *Altra erba*, pensò Chiara, invece era una macchinetta polaroid. Scattò una foto a Kitsch, la estrasse dalla macchina e restò lì, a sventolarla nell'aria. «Le ho tutte» disse. «Vuoi vederle?».

La busta da lettere che teneva nella borsa era piena di polaroid. Erano i suoi cani, tutti decrepiti ma ancora vivi, o così sembrava dalle foto. Ma forse era solo un'illusione dovuta al fatto che le foto erano mosse.

«Belli» disse Chiara poco convinta. Lui annuì, li aveva amati moltissimo.

C'era anche una foto di Armen con un ragazzino, uguale a lui ma più giovane. Un fratello? Un amico? Chiara gliela mostrò con sguardo interrogativo ma lui le sfilò la foto dalla mano e la mise via insieme alle altre.

«Mi dispiace per la macchia» disse Armen, raccogliendo Kitsch dal tappeto. «Torno tra poco» aggiunse, e uscì dalla porta di casa con Kitsch in braccio.

Chiara andò in cucina a prendere un panno, sentendosi vacillare nella luce promettente del giorno.

Quante mattine, prima della scuola, in quella cucina inondata di sole. Quanti risvegli in un mondo in cui non c'era ancora la morte, né l'erba, né Armen, né Kitsch.

Voltò le spalle al sole e a quell'infanzia che sarebbe rimasta lì per sempre – lei non poteva saperlo allora – e tornò nella sala sfocata dai fumi dell'erba.

Inginocchiata sul tappeto, si mise a sfregare la macchia di bava con lo straccio. *Povero Kitsch*, pensò, non l'aveva neanche accarezzato. Non aveva capito che fosse così vicino alla morte.

Comparve Anna, gli occhi pesanti di sonno e un sorriso in linea perfetta con il mistero di quel nuovo mattino. Si guardarono.

«Armen se n'è andato» disse Chiara. «Non so se tornerà».

Anna alzò le spalle. «Puliamo» disse.

Si inginocchiò accanto alla sorella, ma senza fare niente. Lo straccio era uno solo, e lei rimase lì, a guardare Chiara sfregare forte.

SETTIMO

Stadio

Di padri, Leo, ne aveva avuti diversi.

Il primo, dopo quello naturale, era stato Mauro Tassotti detto il Professore.

Passato dalla Lazio al Milan nel 1980, anno funestato dall'onta della retrocessione in B, aveva raccolto il testimone dal suo vero padre, che proprio quell'anno era partito per dedicarsi a grandi imprese in Brasile.

Scambiarli era stato facile perché Tassotti aveva gli stessi ricci e lo stesso sorriso di suo padre, e poi piaceva anche alla Milena, la tata vicentina, che teneva appeso il Professore alla parete della stireria, rosso e nero e lanciato in corsa a braccia alzate. Ogni tanto si baciava il dito indice e glielo passava sulla faccia.

Di Tassotti si diceva che fosse grezzo e spietato, ma erano solo maldicenze degli interisti che non gli hanno mai perdonato il fallaccio su Oriali. A Leo sembrava un mago e comunque bastava guardarlo giocare per capire che aveva classe da vendere.

Leo tentava di imitarne le mosse, nelle partite domenicali all'oratorio, con risultati penosi: l'epica del suo eroe non riusciva a incarnarsi nelle sue gambe troppo lunghe e un po' scoordinate, e quindi Leo finiva sempre a terra. L'unica che lo applaudiva era la Milena, che aveva continuato ad amare Tassotti e a baciare il suo poster anche quando il vapore della stirella l'aveva riempito di bolle. A un certo punto l'aveva dovuto staccare dal muro e s'era rassegnata a portarlo nel cuore.

Anche la madre di Leo s'era rassegnata a non vedere mai il marito, e archiviava con cura le cartoline che lui mandava dal Brasile. Le teneva in una busta che riponeva nel cassetto del suo comodino, luogo di sacri cimeli. Ogni tanto, con la cautela di un ladro, Leo entrava nella camera dei suoi genitori e pescava una cartolina dal cassetto: *Qui molto freddo. Mi mancate! Con affetto*. Oppure: *Qui un caldo incredibile, vi penso con amore*.

Le condizioni meteorologiche descritte nelle cartoline erano sempre opposte alle loro: caldo a febbraio, piogge a giugno. Questo alimentava in Leo il sospetto che il Brasile, patria di Pelé e del calcio fantasmagorico, fosse un pianeta a sé.

Anche in Tassotti c'era un po' di Brasile. Nella primavera del 1988, espugnato il San Paolo e portato a casa lo scudetto, Tassotti si era guadagnato il soprannome di Djalma Santos, il due volte campione carioca dal cross cristallino. Quella sera Leo chiese a sua madre di scrivere due righe a suo padre, ma poi, non trovando le parole per dire tutta la gloria che aveva in petto, finì per fare soltanto un disegno.

«Che meraviglia, una ciambella!» aveva detto sua madre.

«È uno stadio» aveva detto Leo, affranto. Era difficile capirsi con le femmine.

Poi venne l'anno del catechismo e fu il turno di padre Settimio.

A prima vista, Leo l'aveva trovato spaventoso: la pelle bianchissima, specialmente sulle mani asciutte come il vetro, contrastava con il nero profondo della veste, e l'effetto generale sembrava quello del bianco e nero improvviso con cui finivano le trasmissioni televisive a tarda sera. Poi, però, l'aveva sentito parlare e gli era parso di venire agganciato, come rapito da quella lingua misteriosa. Mischiava a sorpresa italiano, dialetto e latino, in una cantilena che dava senso anche alle parole incomprensibili. E lui, padre Settimio, raccontava di un altro padre, uno più generale, padre di tutto e di tutti, con cui si poteva parlare senza bisogno di parole, dritto dal petto. Quando leggeva i Vangeli i suoi compagni bisbigliavano e ridevano, ma Leo no: restava a bersi ogni parola come se fosse l'unica risposta a una domanda molto importante.

A messa gli sembrava di capire poco, forse per l'eco in chiesa e per lo strepito del legno che sembrava scoppiare sotto le ginocchia, ma a catechismo gli sembrava di capire tutto: il cammello e la cruna, i piedi di Cristo, il gallo e i denari. L'Immacolata concezione. Tornato a casa, provava a raccontare tutto alla Milena, ma a quel punto andava in confusione e gli sembravano cose da pazzi.

Nelle rare lettere che sua madre scriveva a suo padre restava sempre uno spazio bianco per Leo da riempire. Lei gli metteva davanti il foglio stipato della sua calligrafia minuta e aguzza, indecifrabile.

«Scrivi due righe qui sotto» gli diceva. «Da bravo, Leo, scrivi».

Quella raccomandazione, "da bravo", lo faceva arrabbiare: non aveva bisogno di incitamenti per scrivere a suo padre, e non lo faceva certo per sentirsi bravo. Gli scriveva perché voleva sapere tutto del Brasile, se per caso aveva incontrato Pelé o Zico o magari Falcão, e per dirgli che, anche se ormai era pronto per andare allo stadio, avrebbe aspettato lui.

Ma c'era sempre un'aria di fretta, con sua madre in piedi alle sue spalle, la busta in mano, la sua pancia che cresceva e cresceva.

E allora andava via liscio: *Qui sole discreto. San Siro ci aspetta. Ciao.*

Poi arrivò l'ingegnere.

Comparve una sera, a cena, e si portò dietro una serie di stranezze. La tavola apparecchiata in modo complicato e luccicante e la Milena che serviva piatti enormi, con un grembiule tutto ricami.

L'ingegnere sembrava molto più interessato a Leo che a sua madre, ma si vedeva che era una finta. Gli chiese della scuola, degli amici e delle ragazze. Come se le ragazze potessero essere argomento di conversazione. Di calcio l'ingegnere non sapeva niente, si capiva lontano un miglio, e quindi tra i tintinnii delle forchette era velocemente sceso un silenzio sinistro.

Il caffè fu servito nello studio e quello parve a Leo il momento giusto per scartare in camera sua, ma la madre lo trattenne con uno sguardo inequivocabile. Gli fu improvvisamente chiaro cosa fosse quel parlare senza parole, dritto dal petto, di cui diceva padre Settimio. Forse sua madre era Dio? Il dubbio lo paralizzò per un istante, ma subito svanì: c'era troppa carne in ballo, e se n'era accorto anche l'ingegnere. Leo lo osservò guardare le ginocchia di sua madre, e sentì un odio sconosciuto salirgli in gola. Si chiese cosa potesse esserci da guardare in quelle ginocchia, poi lei le accavallò, lui smise di guardarle e Leo lo odiò ancora un po'.

Quando l'ingegnere se ne fu andato, sua madre gli chiese come gli sembrasse.

«Gentile» disse Leo.

La sua mente volò a Claudio Gentile, il terzino fuoriclasse che aveva avuto parole di ammirazione per Tassotti. «Il numero uno dei numeri due» aveva detto.

«Nient'altro?» chiese lei.

Leo la guardò in silenzio sperando di dissimulare l'odio che aveva provato e lei gli diede una carezza che era gratitudine per quel figlio di poche parole e zero domande.

«Scriviamo a papà?» gli chiese, ma Leo disse di no, per la prima volta. Stasera no.

E allora lei lo portò in camera sua, lo fece sedere sul letto e gli parlò della sua pancia. Della vita che porge doni inaspettati e cambia corso come un fiume. Di suo padre che era lontano da anni, ormai, a costruire dighe in paesi sconosciuti e che sarebbe tornato, sì, ma non come marito. Come amico, per lei, e sempre come padre, per Leo. Disse che l'ingegnere era una brava persona e poi aggiunse qualcosa sulle donne ancora giovani e sole, come lei. Leo capiva e non capiva, e nemmeno gl'importava troppo di capire tutto.

Aveva finalmente scoperto cosa c'è di così attraente nelle ginocchia delle donne: è la parte certa e solida di esseri altrimenti imprevedibili, corpi lunatici che si deformano e si riempiono di pensieri bizzarri.

Il giorno in cui nacque sua sorella (sì, una sorella, nessuno con cui parlare di calcio) arrivò una lettera di suo padre, la prima indirizzata solo a Leo. Doveva aver finalmente realizzato che a dodici anni si è in grado di leggere e scrivere in autonomia.

Parlava della sua grande impresa. La diga, scriveva, era quasi completata e presto sarebbe tornato in Italia. Sarebbero finalmente andati allo stadio.

Nella busta c'era anche una fotografia: una muraglia di cemento, una parete a mezzaluna conficcata nella montagna come un'immensa unghia. In cima, sul bordo sottile che sembrava fuggire via, una ventina di uomini ritti e sorridenti, con gli elmetti gialli in testa e le maniche delle camicie arrotolate. La fotografia virava al rosso e Leo non capiva quale, tra quegli uomini, fosse suo padre. Fu sua madre, tornata dall'ospedale, a indicarglielo nella schiera. Si era tagliato i baffi.

Era appena iniziato il secondo tempo della semifinale di Champions League, a San Siro, quando la madre entrò in camera sua.

Leo fece appena in tempo a sentire il boato per il gol di Demetrio Albertini detto il Metronomo, come sempre decisivo, che spianava la via alla finalissima, quando capì che doveva spegnere la radio. Sua madre s'era tirata vicina la sedia, ma poi aveva come dimenticato di avere un corpo e non s'era nemmeno seduta. Gli disse di un crollo, di un'esplosione che aveva disintegrato un pezzo di diga, che dovevano aspettare i comunicati ufficiali.

Leo distolse lo sguardo dai suoi occhi, più lunatici che mai, e lo posò sulle sue ginocchia, come in cerca di un appiglio, ma si accorse che quel giorno tremavano anche loro.

Padre Settimio, davanti alla bara distesa ai suoi piedi come un'ombra, aveva parlato bene, della misericordia di Dio e della morte sul lavoro. La chiamano morte bianca.

Era il 18 maggio 1994 e mancavano poche ore alla finale di Champions League Milan-Barcellona.

Padre Settimio parlava piano, elencava i santi a uno a uno.

I santi di Leo erano:

Rossi
Tassotti
Panucci
Albertini
Galli
Maldini
Donadoni
Desailly
Boban
Savićević
Massaro

Pregate per me.

Dopo il funerale, tornati a casa, sua madre accolse un manipolo di parenti tra cui non si contava nessun ragazzino, e quindi a Leo toccò restare in camera sua accanto alla culla della sorella neonata. E "sorella", quel giorno, suonava come una parola davvero vuota e senza senso, perché il padre l'aveva perso solo lui. L'unica che aveva pensato a Leo era stata la Milena, che si era portata dietro il figlio per tenergli compagnia. I due si erano guardati con diffidenza, in parte per la gelosia reciproca e in parte per quelle strane divise da grandi. Si erano sfilati le cravatte nere, avevano preso il pallone ed erano scesi nel cortile del palazzo per giocare ai rigori. Leo l'aveva stracciato, e questo gliel'aveva reso più amabile.

Ore 20.30, finale di Champions League in diretta tv: Milan-Barcellona, stadio olimpico di Atene, settantaseimila spettatori. Leo cercava di seguire le gesta dei suoi santi, che quel giorno sembravano santi davvero e benedicevano il campo con un gol dopo l'altro: Massaro, ancora Massaro, Savićević e Desailly. A ogni rete la curva rossonera esplodeva in cori e striscioni, e Leo s'immaginò in quella folla, sugli spalti con suo padre. Per un istante si dimenticò che era morto. Ma la morte tornava, come un disturbo del tempo, un'invasione di campo, e Leo poteva solo pensare che fosse un brutto scherzo, una cosa da pazzi come la cruna dell'ago, il gallo e i denari.

Il triplice fischio inceppò ogni pensiero: vittoria, boato, giro di campo. Spetta al capitano alzare la coppa, ma Baresi era squalificato e quindi toccò al numero uno dei numeri due, Mauro Tassotti.

Leo s'inginocchiò davanti alla televisione e si avvicinò tanto da sperare di caderci dentro. Sfiorò lo schermo, poi la coppa e alzò il volume più forte, sempre più forte, finché la stanza si riempì di cori come uno stadio vero.

OTTAVO

Pianeti

Quando il professor Innocenti le chiese cosa si aspettasse dall'intervento, Diana la trovò una domanda stupida.

I soli rimasti sulle barricate della ribellione erano i capezzoli, duri contro il freddo dello studio, ma per il resto si sentiva stranamente a suo agio. Si era guardata nello specchio di fronte al lettino in cerca di una risposta, e solo a quel punto si era accorta che la domanda non era affatto banale. E mentre lei cercava e cercando corrugava la fronte, la salivazione del professore subiva un'impennata febbrile nell'identificare il punto esatto: proprio lì, tra le sopracciglia che andavano sfoltendo, un'iniezione di botulino avrebbe compiuto un piccolo capolavoro, rasserenando il volto, e quindi i pensieri, della sua paziente.

«Vorrei riavere un seno da ragazza» tentò.

Il professore la promosse con un cenno della testa: era la prima, immancabile risposta che davano tutte. Estrasse dall'armadietto il vassoio delle protesi, una decina di semisfere in lattice che illustravano le mirabolanti possibilità dell'arbitrio, decrescendo dal mezzo melone alla coppa di champagne, in quello che sembrava un modellino in scala del sistema solare.

«Escludendo le protesi più impegnative» disse il professore spostando di lato i mezzi meloni (cosa che a Diana istintivamente dispiacque, era per natura portata all'iperbole) «mi orienterei su una misura che non comprometta l'armonia generale della sua figura. Che ne dice di queste?».

Le porse una protesi media e una appena più piccola, pescando dal centro del vassoio, tra Urano e Nettuno, a occhio; Diana si affezionò immediatamente alla maggiore e prese a soppesarla e accarezzarla come avrebbe fatto – come aveva fatto, quindici anni prima – con un neonato.

«È lei» disse Diana, con gli occhi che brillavano. «È quella giusta per me».

Il professore le accostò la protesi al torace, mimando un'attenta ponderazione della scelta quando invece conosceva fin troppo bene quel lampo di follia negli occhi delle sue pazienti: la decisione era presa.

«Sì» disse «direi che è quella giusta».

Il primo contatto ravvicinato di Diana con un seno era stato intorno ai sei anni. Chiaramente prima ci doveva essere stato il seno della madre, anche se non era certa di essere stata allattata perché non erano argomenti che si trattassero con le madri di un tempo. Ma quel contatto era come svanito sullo sfondo, parte di una scenografia dell'infanzia che si sottraeva a valutazioni obiettive. Il seno che si era stagliato nel suo immaginario, invece, era stato quello di sua cugina, allora diciottenne, immersa nella vasca da bagno.

«Entra pure» le aveva detto, e Diana si era avvicinata alla vasca con le mani piene di pesci di plastica, perché giocare con i pesci di plastica era quello che secondo lei si faceva nella vasca per sempre, a prescindere dall'età del bagnante. Invece sua cugina aveva scoperto altre forme di intrattenimento, come ascoltare musica e fumare, e dei pesci non sapeva cosa farsene. La vasca era stretta e la schiuma arrivava a lambirle appena i capezzoli in un miraggio di riflessi, bolle e pelle bagnata che aveva stordito Diana e l'aveva indotta a fissare lo sguardo in quel punto per un tempo quasi maniacale.

Era difficile distinguere la forma esatta delle areole, il loro netto e delicatissimo confine, e la ripidità con cui la curva del seno sprofondava per poi risalire aveva qualcosa di vertiginoso. La cugina si lasciava osservare, anche lei aveva qualcosa da indagare in quello sguardo: forse immaginava di avere davanti un ragazzo che le piaceva e non una cugina di sei anni con gli occhiali. Alzò le braccia per fissare meglio una ciocca nella massa di capelli raccolti.

Se cercava un effetto lo ottenne: i suoi seni emersero interi dalla schiuma come magnifici animali marini, vivi e opalescenti, così compatti da sfidare la forza di gravità. Come può una cosa morbida essere anche così compatta? E cosa si cerca in un seno, morbidezza o resistenza?

L'infanzia di Diana compì il suo dovere, ossia produrre archetipi, e il seno della cugina le rimase in mente come il seno assoluto, con tutto il corollario di domande che si portava dietro.

Al liceo, quando il professore di Filosofia aveva spiegato Platone parlando della cavallinità, Diana si era ritrovata per un attimo in quel bagno con i pesci di plastica in mano e aveva capito di aver colto qualcosa di molto simile alla cavallinità: la tettità. Tutte le tette che aveva e che avrebbe visto nel corso della sua vita, comprese le proprie, erano e sarebbero state un simulacro, una più o meno goffa approssimazione della tettità.

La domanda che da bambina la perseguitava, e la cui eco era rimasta come un sogno, era: cosa contengono le tette?

Aveva pensato al latte, ma ricordava vaghi discorsi sul fatto che il latte monta solo quando c'è un bambino; se dovesse essere tuo o solo trovarsi nelle vicinanze non era chiaro. Allora doveva trattarsi di sangue, due borracce di sangue con i capezzoli come rubinetti, ma Diana aveva intravisto trame di piccole vene azzurre e quindi il sangue doveva certo scorrervi, però il contenuto doveva essere altro.

Gli unici liquidi plausibili restavano le lacrime e questo spiegava perché le bambine non hanno il seno: non puoi fare scorta di lacrime se piangi troppo spesso. Ma poi crescendo si piange di meno e ci si trattiene di più, e quindi si raccolgono lì, dentro i seni come nelle gronde. Illuminata da questa intuizione, sul limite del sonno, la piccola Diana si era sfiorata il torace in cerca di una traccia di tutte le lacrime che aveva trattenuto fino a quel giorno, a lei sembravano tante, ma l'unica sporgenza era un ricamo a forma di gatto sul pigiama.

Il professor Innocenti le aveva consegnato una fotografia ritoccata al computer che mostrava quale sarebbe stato il risultato dell'intervento. Dopo averla fotografata così com'era, ma senza la testa che tanto non serviva, aveva usato un'applicazione che permetteva, con il cursore, di modellare la forma e il volume dei seni (o dei nasi, o delle pance, o di qualsiasi fosse l'oggetto dell'intervento) fino a ottenere un'immagine molto vicina alla resa finale. Una fotografia del futuro.

«La tenga» si era raccomandato. «Se il risultato sarà troppo distante da quello promesso potrà farmi causa».

Diana aveva incassato con riluttanza quell'ultima battuta, ammesso che fosse una battuta, non sapendo se metterla nella colonna dei pro (è talmente sicuro di sé) o dei contro (il disastro è un'opzione), ma la sua personalissima forma di affidamento cosmico la derubricò a frase di rito. Ripose la fotografia del futuro in mezzo al libro che aveva portato con sé senza aprirlo. All'andata aveva preferito fantasticare sull'incontro col professore, e ora, sul treno di ritorno, fantasticava su cosa ne avrebbe pensato sua figlia.

«Cosa vuoi che pensi» sibilò il marito, alzandosi da tavola.

«Non so, potrebbe trovarmi patetica. Le figlie delle mie amiche sono tutte molto critiche sulla chirurgia delle madri».

Ogni volta che Diana congetturava su quello che avrebbe detto o pensato Bea, suo marito scattava, obbedendo a un qualche impulso fisico, e cambiava stanza. Simultaneamente compariva Changa, il cameriere indiano, che da sempre si azionava come un bilanciere per colmare i vuoti tra loro, e prendeva a sparecchiare piano la tavola. Aveva sempre il sorriso, e lo sguardo era ingentilito dal mascara.

«Te ne ho comprato uno» gli bisbigliò Diana. «Così la smetti di usare il mio».

Changa arrossì, per quanto possa arrossire un indiano, e sorrise più forte.

Changa, in hindi, vuol dire guarire.

L'intervento era stato fissato per il 21 giugno.

Ancor prima che a suo marito, Diana lo disse a Ornella, la sua amica astrologa.

«È una data propizia, perfetta!» urlò Ornella, in un aggrovigliamento di erre mosce che vibrò nell'aria. Non era un'astrologa vera, lo sapevano entrambe, e nemmeno ci credevano del tutto, a questa cosa dei pianeti. Era più un loro gioco, con ruoli fissi: Diana poneva quesiti, Ornella dava responsi. In qualcosa bisogna pur credere.

«Vedi?» le disse Ornella mostrandole una serie di calcoli su un foglio. «Il Sole e Mercurio entreranno in Cancro, proprio mentre Venere transita in Toro: è il cambiamento positivo, l'incontro felice con l'Altro».

Diana pensò a suo marito – chi altro poteva essere il suo Altro? – e alla distanza che si era stratificata tra loro negli anni, un'estraneità che non era mancanza ma sedimento, un grumo compatto di parole e gesti sbagliati. Magari questo cambiamento, e il coraggio con cui lei lo affrontava, li avrebbe riavvicinati.

«Gira un'altra carta» disse Ornella.

Diana girò la Papessa, la cara Papessa che arrivava sempre nei momenti critici, e rimase in attesa del responso. Ornella prese il tempo necessario a due boccate di sigaretta, come faceva sempre.

«Una persona del tuo passato pensa a te e ti protegge».

Diana guardò Ornella: si capivano.

«Hai messo le rose sotto la piramide?».

«Sì» disse Diana. «L'ho dovuta nascondere, penserebbero che sono diventata matta».

Ornella disse che è tipico dei mariti sminuire qualsiasi forma di crescita personale che sfugga al loro controllo.

«Quindi ho messo tutto in camera di Bea. Sia la piramide sia le foto».

Quello che il marito avrebbe visto se vi fosse entrato, e forse lo immaginava e per questo evitava, aveva effettivamente un che di bizzarro: una piramide alta quasi un metro, realizzata con bacchette d'argento a un prezzo che Diana aveva preferito scordare, occupava il centro della stanza e accoglieva al suo interno una mezza dozzina di vasetti contenenti rose bianche.

«È la piramide energetica» le aveva detto Ornella. «Convoglia al suo centro gli influssi positivi, è per questo che le rose non appassiscono. Funziona anche per ricaricare le pile».

Le rose alla fine appassivano, ovviamente, ma ci mettevano molto più del normale, come per una specie di chirurgia spirituale, o di fiducia. E comunque Changa aveva inserito tra le proprie silenziose mansioni quella di sostituirle appena in tempo, cosicché Diana le vedesse sempre fresche.

Da qualche giorno, alla base della piramide erano comparse anche due fotografie. Diana le aveva messe lì dopo la visita dal chirurgo.

Una la ritraeva da ragazza, seminuda su una spiaggia della costa Azzurra, con il seno scoperto che s'intravedeva tra i lunghi capelli castani e un'espressione sfrontata. Aveva vent'anni e nessuna idea di come le sarebbe andata la vita. L'altra fotografia era quella che il professore le aveva dato in pegno, la fotografia del futuro: confrontandole bisognava ammettere che il suo seno futuro non aveva molto a che fare con quello passato. Era decisamente più ingombrante. Tutto il suo corpo, negli anni, si era fatto più spesso, e difficilmente Diana lo avrebbe esibito, nudo, su una spiaggia. Ma non era una questione di tette.

Quella che aveva perduto per sempre, e per la quale non c'era alcuna chirurgia possibile, era l'inconsapevolezza. Era questo che davvero temeva Diana, in fondo: non tanto la forma o la misura che avrebbero avuto i suoi nuovi seni, ma il nuovo modo con cui un nuovo seno avrebbe chiesto di essere portato nel mondo. In molte amiche che avevano le tette rifatte aveva colto la stessa nota, una specie di aggressività di recupero, o meglio, di vanità rovesciata: la loro parte inconfessabile, il difetto tanto insostenibile da richiedere anestesia totale, bisturi, drenaggi, protesi artificiali e suture, era divenuto il loro trofeo, esibito con inedito orgoglio da scollature improvvisamente scabrose. Non era un po' come puntare tutto sul cavallo zoppo?

E com'era possibile che Diana avesse deciso di sottoporsi a quella stessa operazione che aveva sempre giudicato stupida? Forse invecchiare significava cambiare motivazioni, trovarne di nuove, o semplicemente diventare più stupidi, senz'altro più indulgenti. In certi casi, del resto, la mastoplastica era una manovra di ripristino, dopo l'asportazione di un tumore, per esempio, o un intervento misericordioso, come nei casi di malformazioni. Era qualcosa di più e di diverso dal principio machiavellico del fine che giustifica i mezzi, come una volta l'aveva definito suo marito. Era prendersi una compensazione parziale di un danno. Ognuno aveva le sue motivazioni, Diana aveva avuto i suoi danni.

«Bea ne sarà contenta, vedrai» le aveva detto Ornella. Aveva il dono di rispondere in anticipo alle sue domande.

«Pensavo di dirglielo domani. Le porterò le rose e glielo dirò».

«Domani è un buon giorno» l'aveva rassicurata. «I pianeti ti sostengono, soprattutto Urano, il pianeta della rivoluzione e dell'empatia».

«Posso chiamarti il 21 mattina? Così, per farmi coraggio».

«Certo, chiamami» disse Ornella. «E ricordati l'esercizio. Se ti vengono paure, o ansie, usa i bigliettini».

Diana l'aveva abbracciata. «L'ultimo abbraccio con le mie vecchie tette» aveva detto, e Ornella aveva sorriso, poi riso, ma poi, chiudendo la porta, il suo volto si era come raggelato, o così era parso a Diana.

«Sai che il tuo professore è stato in galera?» chiese il marito restando sulla porta della camera.

«Sì, lo so» disse Diana. Stava preparando una piccola borsa per il ricovero.

«E quindi? Ti fidi lo stesso?».

«Frode fiscale, o qualcosa del genere. E comunque è stato assolto». Diana era molto fiera di essersi informata. «Non gli affiderei la mia dichiarazione dei redditi, questo magari no, ma con le tette è il più bravo» aggiunse.

«Quindi è deciso» disse il marito.

«Oh, sì» rispose lei, con un tono molto più alto del necessario. «Oggi Changa mi porterà da Bea, e domattina presto in clinica».

Le bastava pronunciare quella parola, "clinica", per sentirsi sulla soglia di una vita nuova. Immaginava la clinica come una gigantessa buona, con grandi braccia aperte ad accoglierla e accarezzarla con una sedazione dolce e profonda come un sogno.

«Ho già istruito Changa per domani, non ti preoccupare».

Tutto, in sua assenza, sarebbe fluito come sempre: la casa sarebbe stata pulita, la spesa fatta, il marito avrebbe pranzato e cenato, ma, al suo ritorno, lei sarebbe stata diversa. Questo pensiero la elettrizzava.

«Verrai almeno a prendermi?».

Suo marito si era seduto sul letto accanto alla borsa, resistendo all'impulso di svuotarla a mano a mano che lei la riempiva.

«Devi proprio farlo?» le chiese.

Diana gli puntò addosso due occhi feroci, come a incenerire qualsiasi ostacolo che lui avrebbe potuto frapporre tra lei e il suo obiettivo. Ma quello che vide in lui non fu altro che una paura elementare, paura dell'intervento e del futuro, di dormire da solo nel loro letto e poi di essere di nuovo insieme, ancora insieme loro due soltanto, fino alla fine.

Diana prese un respiro profondo e si sedette accanto a lui con un cambio di mutande pulite in mano, accomodandosi dentro quelle paure che erano anche le sue.

Ebbe la sensazione surreale di aver già vissuto quella scena e pensò alle altre due volte che si erano trovati seduti l'uno accanto all'altra, le mani in grembo, senza niente da guardare: la prima volta era stata al loro matrimonio, la seconda al loro funerale.

«Ci sono due lupi dentro ciascuno di noi» gli disse. «Uno è il coraggio, l'altro è la paura. Quale pensi che abbia la meglio?».

«Non lo so».

«Quello a cui dai da mangiare».

«Tuo padre non è molto contento. Diciamo che non se l'aspettava. Forse ha paura che abbia un amante o una crisi di vanità. Figuriamoci. È difficile da spiegare. È che con gli anni, a un certo punto, diventa difficile avere un corpo».

Mentre quest'ultima frase cercava un senso logico in cui assestarsi e Diana cercava la giusta sistemazione delle rose bianche nel vaso, lo sguardo le cadde sul braciere nell'angolo.

Ornella le aveva suggerito – ma più che suggerimenti, quelli di Ornella erano comandamenti – di scrivere le proprie paure e i pensieri negativi su pezzi di carta per allontanarli da sé. Bruciarli era l'atto di liberazione finale e nel braciere si era già accumulata la cenere di tutti i suoi pensieri sbagliati: il risentimento, l'invidia, il terrore, il disprezzo, la voglia di morire e il mentire si erano così ridotti a piccole volute di cenere inoffensiva.

«Le protesi sono indistruttibili, sai? Pensa, tra migliaia di anni, quando gli archeologi o gli alieni studieranno la nostra civiltà, troveranno tutti questi scheletri con attaccate protesi di silicone ancora intatte. Buffo, no?».

Sentì dei passi avvicinarsi, sperò che fosse Changa.

«Signora Diana, buonasera». No, era la custode.

Diana non riusciva a volerle bene. Custodiva, certo, ma era anche quella che ogni volta la mandava via.

«Devo chiudere. Torna domani?».

«No, avrò molto da fare nei prossimi giorni» disse, divertita dal senso di complicità con Bea. Era il loro segreto.

«Mi dà due minuti?» chiese poi.

«Certo» disse la custode tornando sui suoi passi. «Faccia con comodo».

Diana estrasse dalla borsa l'agendina e una matita e strappò un lembo sottile da una pagina. Guardò Bea negli occhi, come faceva sempre quando cercava una risposta, e vi trovò un nome per il demone che iniziava a muoversi dentro di lei. Qualcosa si muoveva sempre, quando doveva andare via. *Solitudine*, scrisse, e solo a scriverlo le sembrò più facile da provare. Poi prese l'accendino e diede fuoco alla lingua di carta, che finì nel braciere insieme a tutti gli altri demoni.

«Vado» disse alzandosi. «Vedrai, al mio ritorno. Ti piacerò».

Risalire il viale del cimitero era sempre la parte più difficile. Era quando si sentiva dislocata in due persone, di cui una restava sempre indietro. Ma ce n'era anche una terza, che era rimasta sotto, e Diana doveva concentrarsi molto per capire dove si trovasse davvero. Però era anche il momento che fluiva via più lievemente, presa com'era a ripensare a quello che aveva detto e a quello che aveva sentito, ed era così, lievemente, che sfilavano i nomi e i volti di tutti gli altri, persone che lei conosceva, ormai, ma che aveva visto sempre e solo lì, sulle file di lapidi. Anche da loro sembravano arrivare echi di parole, sconnesse ma buone, e Diana ci scivolava sopra fino al cancello in fondo, dove Changa l'aspettava con l'ombrello aperto. Pioveva?

Tutto sembrava fatto apposta per tenerla sveglia: il freddo del tavolo operatorio, le luci abbacinanti, la trama rigida del camice, le espressioni insondabili del professore e dei suoi assistenti dietro le mascherine.

Con il marito era riuscita a scambiare solo due parole: «In bocca al lupo» le aveva detto.

«A quale dei due?» aveva risposto lei.

Con Ornella, invece, aveva ciarlato a lungo, in vivavoce, mentre si vestiva per andare in clinica.

«Puoi abbassare il volume della televisione?» chiese Diana.

Ornella lo teneva sempre altissimo, anche di primo mattino.

«Si può sapere cosa vedi, a quest'ora?».

«Parlano del produttore maniaco» gridò Ornella. «Si è fatto ricoverare in una clinica del sesso».

«Ah, sì?».

Dare corda a Ornella quando non era interessante, anche questo era parte del loro gioco.

«Ho paura» disse Diana all'improvviso.

«Sarà un successo» le assicurò Ornella. «I pianeti parlano chiaro».

Poi aggiunse qualcosa sulla piramide energetica che funziona anche sulle cicatrici e sull'estate in arrivo, che sarebbe stata tutta diversa, con le tette nuove.

Diana l'aveva ascoltata solo a tratti, vagava per la stanza sentendo crescere l'agitazione, ma quando Ornella le aveva parlato della piramide e lei si era immaginata sdraiata lì sotto per guarire le cicatrici, le era scappato da ridere. Tanto era disperato il bisogno di sentirsi accudita da tutti i pianeti dell'universo, quanto a volte le sembravano soltanto pazzie. In quei momenti provava tenerezza per Ornella, e anche per se stessa, per chi crede a tutto e per chi non crede a niente.

Il professor Innocenti trafficava intorno al vassoio dei ferri, e ogni tanto si girava per controllare lo stato di coscienza di Diana. Lei non lo guardava e pensava: *Non mollo, non ancora.*

Le tornò in mente la prima domanda: *Cosa si aspetta da questo intervento?*

Ora le sembrava davvero impossibile rispondere, che strano, forse era l'anestesia che iniziava a fare il suo corso e a smembrare i pensieri in fibre secche.

Mi aspetto di tornare giovane, pensò, ma non era vero.

Di essere più sexy. Le venne in mente il produttore maniaco. Aveva letto dei suoi abusi e vedendo le donne che aveva assalito, tutte belle e formose, si era sentita tristemente al sicuro: forse il seno nuovo l'avrebbe resa assaltabile? O voleva solo potersi rimettere l'abito blu senza sentirsi una gruccia?

Avvertì che le palpebre iniziavano a chiudersi.

Mi aspetto di sentirmi diversa, di stare lontana da casa due giorni. Di fare invidia alle mie amiche, di fare l'amore come prima. E Bea?

Per una volta non era stata in cima ai suoi pensieri. Allora stava davvero perdendo coscienza. Ma non era forse per lei, tutto questo? Per lei che non aveva fatto in tempo ad avere un seno?

Il giorno prima dell'incidente Bea le aveva fatto uno scherzo.

Si era messa il suo reggiseno, quello con le coppe rigide, e le era piombata in camera così, in sella alla bicicletta nuova che le avevano regalato, con la voce stridula e una luce improvvisa dal corridoio. Era finita con la bici addosso al letto e le aveva urlato: «Guarda, mamma, mi sono cresciute le tette». A Diana era sembrata un'allucinazione, un brutto sogno, le scoppiava la testa. Era uno di quei pomeriggi inchiodati dai farmaci, proprio non riusciva ad alzarsi dal letto, e vista così, improvvisamente troppo vicina, addosso, Bea le era sembrata una nana con quelle coppe nere sul torace stretto. Le aveva urlato soltanto: «Toglilo subito e vattene via» e nient'altro, perché aveva avuto paura. Per Bea voleva solo bellezza e felicità. Cosa le aveva fatto pensare che bastasse amarla?

L'effetto dell'anestesia sembrava quello dei suoi farmaci, ma non si fermava un momento, tirava sempre più giù, ed era davvero troppo complicato pensare, ora che il formicolio aumentava e si espandeva su tutto il viso, ora che non era proprio più possibile aprire gli occhi e tutto quello che poteva vedere era l'orizzonte sfocato di un sonno artificiale.

Congedarsi da tutto, ecco cosa doveva fare.

Mollò la presa, tutte le prese, e lasciò che a uno a uno i suoi pensieri si scollassero da lei, qualcosa uscì facilmente ma per qualcos'altro ci volle più fiato, come un canone di voci che saliva verso l'alto, al soffitto e poi oltre, finché l'eco di tutto quello che era dentro non fu fuori e poi in alto, sopra di lei, a sostenere i pianeti.

«Cos'ha detto?» chiese il professore.

«Chiama una certa Bea» disse l'assistente. «Dice che è un bellissimo scherzo, di tornare indietro».

Il professor Innocenti scosse la testa. I pazienti dicono assurdità di tutti i tipi, sotto anestesia.

«Apriamo» disse.

E poi si piegò su Diana e affondò il bisturi all'altezza del cuore.

NONO

Buio

Chiara controllò il telefono per l'ennesima volta: il luogo dell'appuntamento era proprio lì, all'uscita della metropolitana, e lei c'era arrivata con un anticipo calcolato, il tempo sufficiente a fumare due sigarette e a studiare il fiume lavico di volti che traboccava dal sottosuolo. Riconoscerlo era stato facile, non solo per il bastone bianco che accarezzava ogni scalino con ritmata precisione, ma anche per la bolla di vuoto che il fluire delle persone gli disegnava intorno, come a tenere una distanza cautelativa. Quella che lei avrebbe dovuto varcare.

A metterli in contatto era stata la fondatrice dell'associazione.

«Ma è cieco da sempre?» aveva chiesto Chiara.

«Dalla nascita» aveva risposto lei.

«E cosa gli piace esattamente del cinema?» aveva chiesto ancora.

«È appassionato» aveva detto, come se fosse stata una domanda sciocca.

Chiara spense la sigaretta schiacciandola sotto la scarpa, uno stivaletto sfondato che mai avrebbe indossato al primo appuntamento con un uomo che lo potesse vedere, e sentì l'imbarazzo diventare rabbia per l'ennesimo pomeriggio bruciato a fare volontariato anziché cercarsi un lavoro vero. E mentre il cieco, ignaro di lei e della luce che la sera in arrivo stendeva su tutto, trovava un appoggio – non fisico, perché non si appoggiò mai davvero, ma spirituale, forse – nella vicinanza di un palo, Chiara lo osservò fermarsi e vide i suoi gesti spegnersi a uno a uno, fino all'immobilità totale. C'era qualcosa di meccanico in lui, come se la cecità negasse al corpo ogni gentilezza verso il mondo.

Chiara restò a un passo, prendendosi il tempo di osservarlo non vista: è così, senza intenzione, che si consuma la prima e più banale prepotenza verso un cieco.

Matteo era alto, magrissimo, imbronciato e senza traccia degli occhiali scuri che Chiara si aspettava: l'esibizione di un paio d'occhi stravolti e fuori uso era del resto la prima e più banale prepotenza che un cieco può esercitare su un vedente. Il destro, in particolare, sporgeva in modo spericolato dall'orbita e bucava il volto di bianco.

«Ciao, sono Chiara» disse lei, realizzando all'improvviso di essere solo una voce. «Sono qui».

«Ciao» disse lui, volgendosi precisamente dove avrebbe dovuto. «Io sono Matteo».

L'immobilità meccanica di pochi istanti prima si sciolse di colpo in un unico movimento fluido come la veronica di un torero. Matteo le strinse la mano, si agganciò al suo braccio ripiegando il bastone e facendolo sparire nella tasca del giubbotto e la incorporò in una prossimità che non aveva nulla di personale.

«Andiamo?» disse, incamminandosi nel nuovo corpo siamese. «Ho letto delle belle recensioni».

Per "leggere", Matteo intendeva ascoltare un sintetizzatore vocale che traduceva in audio mail e messaggi. «La voce non è un granché, Siri ad esempio è molto più sexy ma anche un po' troppo sarcastica».

Oltre a essere introdotta nel variegato mondo dei sintetizzatori vocali, Chiara imparò da quale lato stare (sinistro), come evitare le buche senza bruschi scarti, come impostare rotte il più possibile lineari e come non cadere preda di paure irrazionali: nessuna voragine si sarebbe aperta sotto i loro passi, nessuna auto li avrebbe intenzionalmente investiti, Matteo non avrebbe covato rancore per il fatto che lei ci vedeva e lui no, né lei sarebbe diventata cieca per osmosi. L'ansia è una bestia insaziabile.

La sala era semivuota, forse perché il film che aveva scelto Matteo era già dal titolo una promessa di desolazione bulgara, ma Chiara si attenne comunque alle indicazioni e lo condusse a prendere posto davanti, per non disturbare gli altri spettatori. Si sedettero in seconda fila, sovrastati dallo schermo.

«Mi piacciono le poltrone in velluto dei vecchi cinema» disse Chiara.

«Sono un ricettacolo di germi» rispose lui. «È una di quelle cose che non puoi vedere neanche tu».

Poi le luci si spensero, il film iniziò e Chiara si protese verso di lui per sussurrargli all'orecchio quello che si vedeva:

Una strada buia, in una notte buia, una donna aspetta, guarda le finestre spente di una casa. Passa un'auto, i fari le illuminano il volto, inizia a piovere.

Una finestra si accende in alto, un uomo si affaccia, si guardano, lei attraversa la strada ed entra nel portone.

«Com'è andata?» le chiese la responsabile quella sera.

Masticava nel telefono, tradendo un interesse solo parziale per quella conversazione che forse era di rito, ma Chiara era felice di poterle parlare.

«Bene, direi. Lui ti ha chiamato?».

«No, non chiamano mai. Con l'associazione mettiamo in

contatto il disabile e il volontario, poi ve la vedete voi. A meno che non si verifichino situazioni estreme tipo abusi».

La compresenza delle parole “disabile” e “abusi”, in una frase rivolta a lei, strappò a Chiara una risata nervosa.

«Non è stato facile capire quali sono le informazioni importanti. I colori delle cose, le ambientazioni, i costumi... tutta roba che a lui non serve. Devo descrivere solo l’essenziale».

«Imparerai».

«Sai che è laureato in Storia?».

«Sì?». Continuava a masticare.

«Ti rendi conto? Laurearsi in braille. O studiando testi audio».

«Avrei risparmiato migliaia di euro in evidenziatori».

«E vive da solo».

«Be’, ha quarant’anni». Perché le sembrava tutto così banale? «Comunque, volevo solo essere sicura che fosse andato tutto bene».

«Sì».

«Ricordati che puoi tirarti indietro in qualsiasi momento».

«Ok».

«Le guide sono necessarie ma sostituibili. A volte si creano rapporti strani».

«Strani in che senso?».

Finalmente deglutì.

«Mah, per dire. Tu diventi un po’ troppo importante per lui. O lui per te. E il rapporto si complica. A volte succede. Gli hai raccontato molto di te?».

«No» rispose Chiara. «Gli ho solo detto di Anna, che siamo gemelle».

«Ok».

«Gli ho detto che la gente ci scambia perché siamo identiche, e sai cos’ha detto lui?».

«No, cosa?».
«Che a lui non potrebbe mai capitare».

Si erano detti anche altro, in realtà.

Per esempio, nel salutarsi, Chiara gli aveva chiesto cosa avrebbe fatto quella sera, e lui le aveva detto che avrebbe cenato a casa da solo.

«Cucini tu?» gli aveva chiesto Chiara.

«Non proprio» aveva risposto lui. «Ogni settimana mia madre mi prepara delle vaschette surgelate, e io le scaldo. Stasera spinaci».

«Comodo» aveva detto Chiara, disorientata da mille domande inespresse: come fa a riconoscere le vaschette? E come le scalda, in padella o nel forno? L'idea di un cieco che maneggiava fiamme e fornelli le sembrava impossibile.

Quella sera, a letto, Chiara chiuse gli occhi e pensò a Matteo che mangiava i suoi spinaci bui, in una cucina buia, in un mondo irrimediabilmente senza luce. Provò improvvisamente paura, aprì gli occhi per guardarsi intorno: lasciava sempre la luce accesa in corridoio, e vide che tutto era al posto giusto. Richiuse gli occhi e pensò a come sono spietate le cose, che restano lì a guardarti anche quando tu non le vedi.

«Pesi 51 kg» le disse Matteo al loro terzo o quarto appuntamento.

«Precisamente» si stupì lei. «Come fai a saperlo?».

«Si capisce dal gomito, hai le ossa leggere. E dalla camminata. Poi, senza offesa, non sei altissima».

«Pensa che ho i tacchi!» rise Chiara, pentendosi quasi simultaneamente di quella confessione di vanità. Li aveva messi per lui? Davvero? Pur sapendo che non li avrebbe visti?

Matteo non disse nulla e sprofondarono in un silenzio rotto solo dai tacchi sull'asfalto.

«Sai, non credo tu ne abbia bisogno» disse, una volta seduti in terza fila.

«Di cosa?».

«Dei tacchi. Sei bella anche senza».

Chiara rimase spiazzata e si accorse che c'è qualcosa di pavloviano nella reazione di una donna davanti a un complimento.

«Grazie, ma ti ricordo che sei cieco».

«Lo so» disse lui. «Ma sono sempre un uomo».

Lei lo guardò. Dopo il primo incontro si era accorta di non guardarlo mai, di non guardarlo più, come per onorare una reciprocità. Lui teneva la testa china sul corpo immobile, in attesa, le mani affusolate e innocue, aperte sulle gambe e in attesa anche loro, e Chiara pensò che osservarlo era facile e dolce, ma poi scese il buio, il buio che era diventato un luogo gentile dove erano uguali. Iniziò il film, questa volta un dramma familiare scandinavo, e lei fece quello che doveva fare: lo prese per mano, senza toccarlo, e lo portò con sé.

C'era voluto un grosso bicchiere di vino per farsi coraggio, ma alla fine compose il numero e contò gli squilli. Matteo rispose al quarto.

«Sono Chiara» disse. «Disturbo?».

«No» disse lui, ma il suo tono era duro. «Dimmi».

Era la prima volta che chiamava lei.

«Devo scusarmi per oggi».

«Per cosa?».

Il tempo di accendere una sigaretta e trovare le parole.

«Sai quando Hans è entrato nella stanza di Katherine?».

«...».

«Poco dopo l'intervallo».

«Sì».

«E lui si è seduto sul letto di lei ed è rimasto lì anche se Katherine gli diceva di andarsene?».

«Sì».

«Lui rimane nella stanza e c'è quella lunga scena muta».

«...».

«Ecco. Ti ho detto che lui le prende la mano e si abbracciano forte».

«Sì. E poi fanno pace eccetera».

«Sì, ok, ma ti ho mentito».

«Ah, sì?».

«Sì. In realtà scopano».

«Ah».

«Sì».

«E?».

«Be', Hans le prende la mano e le accarezza un ginocchio, e fin qui ho detto la verità. Ma poi la mano sale sulla coscia e lei apre le gambe e lui comincia a baciarla».

«Quindi?».

«Quindi le leva il vestito senza troppo riguardo».

«E poi?».

«E poi basta. Cioè, poi lui è sopra di lei e lo fanno».

«...».

«Ecco, solo questo».

«Mi stai dicendo che hai censurato il film?».

«Eh? Sì, in effetti sì».

«E cosa ti fa pensare che non me ne sia accorto?».

«Be', c'era quella musica che copriva tutto... niente sospiri o cose così».

«Sì, ma realisticamente: per quanto tempo possono tenersi la mano un uomo e una donna che si piacciono, da soli, su un letto?».

«Non lo so. In un film scandinavo magari anche quattro mesi».

«Perché?».

«Ammettilo, i film scandinavi sono un pacco».

«No, intendevo: perché mi hai mentito?».

«Perché descriverti una scena di sesso è una cosa imbarazzante».

«Capisco».

«Sì?».

«Ci vorrebbe un codice».

«Sì, un codice. Forse».

«Ci penseremo».

Matteo riagganciò e attese che l'eco della voce di Chiara svanisse. Avrebbe voluto dirle di più e per un istante pensò di richiamarla, ma poi rinunciò. Non avrebbe saputo spiegarle l'emozione di quel pomeriggio, la grazia di cui aveva vibrato il suo silenzio.

Si stupì di non averci pensato prima.

Forse perché era un'idea che si era fatta strada molto lentamente. O forse perché era un'idea sbagliata che non avrebbe dovuto farsi strada mai.

Il congedo tra loro avveniva in due fasi condivise, ormai rodate: sganciarsi fisicamente e salutarsi a voce. Per Chiara c'era poi una terza fase, quella visiva, che a Matteo era negata ma che lui compensava con un congedo olfattivo di cui lei era ignara. Lui sperava sempre di aver intrappolato nel maglione un indizio del profumo di lei – tuberosa e sigarette – e di solito era proprio così.

Era successo, le ultime due o tre volte, che Chiara lo salutasse ma indugiasse più del necessario. Faceva come per incamminarsi ma restava lì, a pochi passi da lui, a guardarlo mentre si voltava a testa china e si inoltrava nel mondo senza di lei, la sua guida ridotta al bastone bianco troppo lungo. E vedendolo sprofondare nel sottosuolo di luci elettriche e voci metalliche, aveva notato come le persone si spostassero di lato per fargli strada e lo guardassero come una cosa fragile. Le persone sembravano buone. Ma lo erano davvero? Tutte?

Matteo le aveva raccontato di quando con una guida alpina era caduto in un crepaccio. La guida era riuscita a risalire e l'aveva lasciato lì, solo, per andare a chiamare i soccorsi, che erano arrivati dopo quasi tre ore. Estrarlo era stato difficile e Matteo aveva rischiato l'amputazione di un braccio per congelamento. Eppure l'anno dopo era di nuovo lì, stessa ferrata, stessa guida. Che paura poteva avere un uomo così di un tragitto in metropolitana? Nonostante la sua forza e la sua sicurezza, Chiara si ritrovava a temere per lui, per la sua incolumità. Avrebbero potuto derubarlo, picchiarlo, spingerlo sotto i binari. Le sembravano scenari plausibili, anzi quasi logici, perché pensava che la fragilità attirasse per natura impulsi cattivi, come un vuoto da riempire, una frase da finire. Guardava Matteo allontanarsi e le venivano in mente i bambini che uccidono le lucertole per gioco.

Così quella volta decise di seguirlo.

Salì sul suo stesso vagone. Un ragazzo si alzò per cedergli il posto, ma Matteo rimase in piedi. Chiara lo osservò oscillare insieme agli scossoni del convoglio, alto e imbronciato come sempre. Una signora la squadrò, come a evidenziare la maleducazione di quel suo sguardo insistente, e Chiara ricambiò lo sguardo. È il mio cieco, avrebbe voluto dirle, posso guardarlo quanto voglio.

Giunti a destinazione, Matteo uscì dal vagone a una tale velocità che quasi la seminò.

Da dietro, mentre risalivano sulle scale mobili, le parve molto più vecchio e più debole di quanto non fosse, perché l'abitudine a tenere la testa reclinata gli aveva piegato le spalle in una curva stanca. Ma procedeva spedito, senza alcuna esitazione.

Una volta riemersa in superficie, Chiara si ritrovò tra strade sconosciute.

Il quartiere doveva essere stato signorile, un tempo, si capiva dai decori delle facciate in pietra – alcune erano villette – e dalle aiuole recintate, ma su tutto si era stesa la patina dell'abbandono, o forse era l'effetto della scarsa illuminazione dei pochi lampioni.

Dall'uscita della metropolitana le persone si dispersero in fretta nelle diverse direzioni, e gli unici a imboccare la via che costeggiava i giardini furono loro.

I giardini di notte le avevano sempre fatto paura.

Chiara vide in lontananza un gruppetto di persone, ovvero i loro cappucci, che avevano l'aria di essere spacciatori, o tossici, e sentì l'impulso di raggiungere Matteo e dirgli: *Sono qui, ti ho seguito perché avevo paura per te ma adesso ho paura per me.*

Matteo svoltò in una via laterale e scomparve per un attimo dietro l'angolo. Chiara, distanziata di qualche metro, fece appena in tempo a vederlo attraversare la strada, con poca o nessuna cautela, fino a fermarsi davanti a un portone di ferro.

Lei rimase dall'altra parte della strada chiedendosi: *E adesso?*

Adesso potresti guidarmi tu, pensò, *nella tua casa senza specchi né lampadine.*

Osservò Matteo estrarre le chiavi dal giubbotto ed entrare dentro il palazzo.

Il portone si richiuse alle sue spalle. E adesso?

Una strada buia, in una notte buia, una donna aspetta, guarda le finestre spente di una casa. Passa un'auto, i fari le illuminano il volto, inizia a piovere.

Ma nessuna finestra si accende, nessun uomo si affaccia, ed è proprio davanti a una luce che non si accenderà mai che il cuore di Chiara afferra qualcosa, si ferma sul ciglio di un desiderio illogico – inabissarsi nel buio per sempre – e all'improvviso si spezza.

Il martedì successivo lui non viene. Per qualche motivo lei non si stupisce.

È una commedia, questa volta. Chiara ride e si chiede se anche lui riderebbe.

Esce dal cinema sotto il diluvio. Le persone senza ombrello procedono a capo chino come Matteo. Chissà dov'è lui adesso. Non ha pensato neanche per un attimo che gli sia successo qualcosa. Non è venuto perché non ha voluto. È per la bugia? O per la telefonata? Forse si è accorto che lei l'ha seguito. O che lei ha voluto troppo. O qualcosa. Ma cosa? S'incammina con lo sguardo a terra, per evitare le pozzanghere più profonde. Ci penserà dopo, poi ci penserà ancora, e poi non ci penserà più.

DECIMO

Addio

Irene aveva deciso di premiarsi per non essere entrata nel bar e aveva ripiegato su Intimissimi, varcando l'ingresso con un'irruenza che aveva fatto sobbalzare la commessa.

La nuova Irene voleva un nuovo reggiseno. Voleva un nuovo seno, in realtà, ma aveva troppa paura dell'intervento e quindi il suo cassetto si era riempito di reggiseni che sembravano pròtesi in cartongesso, con coppe sempre più rigide e sempre più ampie. Dopo aver valutato la capacità d'inganno di una dozzina di modelli, ne aveva scelto uno nero, semplice ma sexy, uguale ad altri cinque o sei che aveva già, e aveva deciso di concedersi anche un taxi.

Il telefono aveva iniziato a squillare, anzi a *bramire*, perché da qualche tempo Riccardo si divertiva ad associare il proprio numero alle suonerie che riproducevano i versi degli animali (con un realismo spiazzante, tra l'altro) e questo era il periodo del cervo reale. Irene si era messa a cercarlo nella borsa con un misto di agitazione e irritazione profonda, imbarazzata nel sentire che l'abitacolo del taxi risuonava come la foresta di Sherwood. E poi trovava patetica l'abitudine di Riccardo di chiamarla sette volte al giorno solo per dirle: «Ciao, come stai?». Sbuffò forte sotto lo sguardo del tassista, che ogni tanto gettava un'occhiata nel rettangolo del retrovisore.

«Dimmi». Quasi urlava.

Il tassista aveva pensato più volte di vietare i cellulari a bordo. Come a teatro, come in chiesa. Negli ultimi anni il suo taxi, e il taxi come luogo in generale, si era trasformato in una specie di confessionale viaggiante, e pareva non esistere più un solo cliente al mondo che non approfittasse dei suoi sedili curati per abbandonarsi alle più noiose o imbarazzanti o rabbiose conversazioni. Per questo aveva ormai perduto la possibilità e la voglia di parlare con i clienti, e si era rassegnato a sorbirsi l'unica metà accessibile di quei dialoghi sinistri.

Questa li stava battendo tutti.

Un certo Riccardo era in attesa di un'ambulanza chissà dove, chissà perché, e tutto questo veniva spiegato alla cliente da tale Armen, che si era poi qualificato come camionista armeno. Lei non batteva ciglio, aveva assunto un tono asciutto da colonnello e si era fatta passare questo Riccardo, che era evidentemente suo marito. Gli aveva detto di stare tranquillo, bere acqua e zucchero, prendere aria e spiegare ai medici che gli era già successo mille volte – «*Diverse* volte, ok, non mille» si era corretta con gli occhi al cielo.

Intanto il taxi aveva imboccato la strada a cui erano destinati, e il tassista aveva più volte chiesto: «A che numero?» con un volume di voce via via crescente.

Irene aveva alzato una mano chiedendo tempo e il taxi aveva infilato il muso nel primo passo carraio libero, mentre lei aveva chiesto di parlare di nuovo con il tizio dal nome strano e senza alcuna agitazione gli aveva detto che sarebbe stata lì in una mezz'ora al massimo. Poi aveva chiuso la telefonata e si era sporta tra i sedili anteriori, con uno slancio forse eccessivo dato che il suo viso era arrivato tanto vicino al tassista che pareva lo volesse baciare.

«Quanto ci vuole per Somaglia ovest?».

«Scusi?» aveva detto lui, in una torsione impressionante per la sua età.

«Somaglia ovest. L'autogrill, ha presente?».

Dopo una veloce contrattazione il taxi era ripartito alla volta della tangenziale e poi verso l'A1.

Irene guardava fuori dal finestrino chiedendosi quanti attacchi avesse avuto Riccardo nell'ultimo anno. Dieci? Quindici? Comunque troppi. Avrebbe voluto chiamare la dottoressa e dirle: *Vede, sono incasinata quanto prima, siamo proprio sicure che non mi serva ancora qualche incontro?* Ripensò al silenzio paranoide dell'ultima seduta e alle parole nascoste al suo interno: evidenza e addio.

Inspirò forte e tentò di concentrarsi sulla nuca del tassista. I capelli erano radi, striati di grigio e tagliati male, come quelli di una bambola; il colletto della camicia azzurra sembrava rigido e pulito, metteva voglia di toccarlo. Sicuramente dietro tutto questo c'era una moglie che tagliava capelli e stirava camicie e lo aspettava la sera a casa con la cena in tavola. Il mondo intero era pieno zeppo di mogli serene che facevano tutte queste cose normali e invece a lei da un anno a questa parte toccava andare a recuperare il marito nei luoghi più assurdi solo per dirgli: «Sei ancora vivo, sono viva anch'io e guarda un po', siamo ancora qui».

Quand'è che il suo matrimonio si era trasformato in un soccorso stradale, in quella specie di ambulatorio permanente?

L'anno prima era arrivata una stagista nell'ufficio in cui lavorava Riccardo: redazione sportiva, atavicamente impreparata alle femmine. La stagista era stata affiancata proprio a lui, che si occupava di calcio. Il nome di lei, Silvia, aveva iniziato a insinuarsi nei suoi resoconti in sordina, sporadicamente, come un'infiorescenza nuova. All'inizio Riccardo accennava a lei come a una grana, una raccomandata a cui dover stare dietro. Poi Silvia era diventata Sissi e non sembrava nemmeno più tanto inetta, anzi si era lentamente evoluta in una ragazza in gamba. Bruttina, certo, questo lui teneva a sottolinearlo, e l'avevano confermato anche gli unici due colleghi che frequentava fuori dalla redazione e che ogni tanto Irene invitava a cena insieme alle mogli.

«Come va il Foggia?» aveva chiesto uno di loro durante una di queste cene (l'ultima, in effetti).

Riccardo l'aveva guardato perplesso, la forchetta a mezz'aria, e i colleghi erano scoppiati a ridere. Le mogli si erano scambiate sguardi di terrore all'idea che la conversazione stesse vertendo su una squadra che chissà in quale categoria giocava.

«Davvero non lo sai?».

«Cosa?» aveva chiesto Riccardo, con un'espressione che non aveva fatto altro che intensificare il ghigno degli ospiti.

«La tua assistente».

«Non è la mia assistente...».

«La chiamiamo tutti il Foggia».

«E perché?» aveva chiesto una delle mogli.

«Be', è quel genere lì...» aveva continuato il collega. «Il cesso che ogni tanto dà spettacolo». Il riferimento era al Foggia degli anni di Zeman. «Una squadra di merda che può stupire».

Da lì si era aperto un dibattito su quel genere di donna: tutti ne avevano conosciuta una al liceo o all'università, e Irene e le altre due mogli avevano maneggiato l'argomento con una moderazione circospetta, quasi con benevolenza, perché ognuna di loro sentiva montare dentro di sé il dubbio, identico anche se supportato da tenori di ansia diversi, che fosse successo anche a loro, prima o poi, di sembrare il Foggia di Zeman.

Riccardo ci aveva riso su in modo un po' isterico, poi asciutto, tentando più volte di cambiare discorso senza riuscirci, e il senso di affettuosa goliardia si era presto spento lasciando spazio a un silenzio lugubre.

Una volta a letto, chiudendo il libro che aveva appena aperto e spegnendo la luce, Riccardo aveva confessato a Irene di non aver capito lo scherzo. Il Foggia non era più in serie A dal 1995: «Anno in cui Sissi, peraltro, non era ancora nata» aveva aggiunto. E allora a Irene fu chiaro che era lei a non aver capito un sacco di cose.

Il tassista armeggiava con la radio cercando il canale giusto. Irene avrebbe voluto raccontargli dei mesi tremendi che erano seguiti alla cena: una pastoia di interrogatori, paranoie e umiliazioni reciproche. Per esempio: era peggio *essere cornificati* con il Foggia o *farsi* il Foggia? Era incredibile quante ore avessero dedicato a quel dilemma. Irene avrebbe voluto chiederlo al tassista, anche solo per dargli una vaga idea del malessere in cui si era dibattuta per mesi, e che forse avrebbe potuto spiegare, ma solo in parte e solo in modo strumentale, perché Riccardo fosse schiantato sul pavimento dell'autogrill di Somaglia ovest. Chissà se era capitato anche al tassista, una volta o l'altra, di innamorarsi di un Foggia. In radio passava una canzone di Whitney Houston, che Irene ricordò bellissima ma anche collassata di crack in una vasca, da sola, e il tassista era buffo ed eroico mentre tentava d'intonare *I will always love you*.

La cosa spiazzante per Irene era che non aveva neanche dovuto indagare troppo, né ingegnarsi in quei modi subdoli ma interessanti con cui, nei libri o al cinema o semplicemente nelle vite degli altri, le mogli arrivano rocambolescamente a smantellare le tresche dei coniugi. No. A Irene era bastato chiedere e le era stato risposto, in una confessione corredata da una deflagrazione emotiva imbarazzante e in parte incomprensibile.

«Perché piangi *tu*?» chiedeva lei. «Perché cazzo piangi?».

Lui non lo sapeva, non sapeva se immolare la propria disperazione alla sacrosanta indignazione della moglie per tentare di salvare un matrimonio tutto sommato decente, o alla sconfinata delusione dell'amante, che a dire il vero Riccardo reputava altrettanto legittima. Dell'equilibrismo folle di quei tre mesi di tresca, e di tutta l'adrenalina e delle cattedrali oniriche che aveva eretto giorno dopo giorno e bugia dopo bugia, erano rimaste solo macerie, davanti a cui Riccardo, dopo l'iniziale panico, aveva presto assunto una paralisi emotiva dagli effetti paradossali. Era toccato a Irene accantonare gli attacchi d'ira e le lagnanze da cornuta per soccorrere lui, Riccardo, raso al suolo dal più banale dei sensi di colpa. E, altro paradosso, Irene si era ritrovata non del tutto a disagio in quella versione sfigurata del loro matrimonio.

Essere la vittima è comodo.

Avere un nemico è facile.

Se il nemico poi è Sissi detta il Foggia è quasi divertente.

L'errore di Irene, e forse anche di Riccardo, stava nel dare per scontato che tradirsi sia scontato.

Il cielo fuori dai finestrini si era svuotato di palazzi, e Irene lo guardava sfilare via senza più voglia di rimuginare. Vide il cartello SOMAGLIA OVEST e tentò una conversazione in extremis con il tassista, come a risarcirlo per avergli portato nel taxi le sue grandi corna e tutta quella rabbia silenziosa; gli disse qualcosa a proposito del suo lavoro, che doveva essere eccezionalmente interessante da un punto di vista sociologico.

«Dice?» chiese lui.

«Be', chissà quanti matti le sono capitati sul taxi» disse lei, sperando in qualche aneddoto.

«Tanti» rispose lui, cercandola nel retrovisore. «Tanti davvero».

A Riccardo era bastato vedere i lettighieri fare irruzione nel bagno dell'autogrill per rendersi conto di non sentire più alcun formicolio, alcun peso, alcun affanno.

I suoi attacchi lo sorprendevano quand'era solo e possibilmente molto lontano da casa, lo invadevano di sincero terrore – spesso si ritrovava a contare da uno a cento e ritorno per tenere lontano qualsiasi pensiero – e svanivano non appena arrivava un medico, o Irene. Di solito arrivava prima il medico.

A quel punto Riccardo si faceva misurare il battito e la pressione e poi si abbandonava a un verboso monologo di scuse indirizzato ai lettighieri ma anche agli avventori occasionali, come, in questo caso specifico dell'autogrill, la piccola folla di curiosi che seguiva la scena con i Camogli in mano.

Il paramedico gli aveva consigliato di ridurre i caffè e di farsi prescrivere degli ansiolitici e, dopo essersi assicurato che un qualche parente fosse stato avvisato e fosse in arrivo, gli aveva fatto firmare un foglio ed era risalito sull'ambulanza.

Armen, il tizio che l'aveva trovato steso in bagno e aveva chiamato prima i soccorsi e poi Irene, gli era rimasto accanto tutto il tempo, in ascolto, senza dire una parola.

«Usciamo?» aveva chiesto infine.

Si sedettero su una panchina tra l'autogrill e il parcheggio e seguirono con gli occhi l'ambulanza mentre svaniva nel traffico dell'autostrada.

Armen guardò Riccardo.

«Io non ho capito di preciso cos'hai».

Riccardo si studiava le mani come se non fossero le sue.

«Di preciso non lo so» disse. «È come se la morte facesse le prove generali con me».

«Bella merda» disse l'altro. «Sigaretta?».

Riccardo fece di no con la testa e osservò il volto ormai familiare di Armen.

«Guarda che se devi andare, vai pure. Anzi, grazie».

«Ma no» disse Armen. «Non devo andare da nessuna parte».

«Parlavi di un camion, pensavo stessi lavorando» disse Riccardo.

«Il camion ce l'ho, eccome» disse Armen lanciando uno sguardo innamorato verso il parcheggio. «Ma non è un vero lavoro».

Riccardo non volle approfondire, sopraffatto da un'idea luminosa.

«Posso chiederti un favore?».

Armen annuì e la sigaretta disegnò un breve tratto rosso nell'aria.

«Mi ci fai salire?».

Scesa dal taxi, Irene non vide ambulanze, né capannelli di gente, né Riccardo. La sua macchina sì, però. Era perfettamente sana e immobile vicino alle vetrine illuminate dell'autogrill. Attraversò il parcheggio verso l'ingresso, quando sentì un clacson enorme, tipo barrito, dall'altro capo del piazzale, e vide due fari di camion lampeggiarle addosso.

Riccardo sembrava un bambino di otto anni, aggrappato al grande volante in mezzo alle mille lucine della strumentazione.

«Lui è Armen. Armen, mia moglie».

L'armeno rivolse a Irene un accenno di sorriso. Se l'era immaginata proprio così, alta e magra, ma non aveva previsto i capelli rossi. Sembrava l'unico a rendersi conto di quanto fosse incazzata. Era salita sul predellino della portiera e perlustrava con lo sguardo l'abitacolo del camion, come se temesse di trovarci qualche brutta sorpresa. Irene, in effetti, cercava sempre il Foggia, seguendo un automatismo che si sarebbe rivelato duro a morire. Del Foggia, ovviamente, neanche l'ombra, ma in compenso intravide una colonia di piccoli cani.

«Puoi scendere, per favore?» disse cercando di essere cortese, senza riuscirci.

Riccardo diede un ultimo sguardo alla strumentazione e poi ad Armen.

«Non ero mai salito su un camion» disse. «Grazie di tutto».

I due si strinsero le mani per un tempo che a Irene parve patetico e poi lei fece un cenno ad Armen, qualcosa di indeciso tra un saluto, un ringraziamento e un rimprovero, e s'incamminò verso l'auto. Riccardo scese dal camion rischiando di cadere e si mise a correre un po' per recuperare terreno.

«Ti sei ripreso?» gli chiese lei accendendo il motore.

«Avevi ragione tu» disse lui sorridendo. «Mi dispiace, ma questa volta sembrava davvero un infarto» disse ancora, senza più ombra di sorriso.

«Non mi risulta che tu abbia mai avuto un infarto, quindi mi chiedo come tu possa sapere com'è».

«Formicolio al braccio, dolore al petto, senso di vertigine...» iniziò a elencare, snocciolando la sintomatologia imparata a memoria su infartone.com.

«Senti» lo interruppe lei «forse dovremmo fare qualcosa».

«Cosa vuoi dire?».

«Voglio dire che non si può andare avanti così, con questi attacchi. Francamente sembra solo l'ennesimo modo per mandare tutto a puttane».

Irene parlava veloce, lo sguardo ai retrovisori mentre rientrava in autostrada.

«Cosa intendi? Non lo faccio mica apposta».

«Già, come con la stagista».

Qualunque accenno al tradimento sortiva sempre in Riccardo lo stesso effetto fisico, ossia un veloce incasso della testa tra le spalle.

«Ascolta, forse non è il caso di insistere» proseguì lei. «Mi stai trasformando in una cazzo di infermiera e io non voglio».

Riccardo la studiava immobile.

«Forse il problema sono io» e qui la voce di lei si era fatta cauta. «Non te lo sei mai chiesto? Mi hai sempre detto che sono fredda ed egoista e forse hai ragione tu. Forse non sono la donna giusta per te».

Irene aspettò che l'eco di quelle parole si allargasse tra di loro e per la prima volta sentì che una parte della colpa, del tradimento, del panico di Riccardo era destinata a lei.

Non essere la donna giusta per lui, non essere la donna giusta per nessuno.

Riccardo taceva. Avrebbe voluto dire di no, oppure di sì, aveva pensato mille cose tutte vere e tutte false allo stesso modo, ma aveva sempre rimandato, e avrebbe rimandato all'infinito.

«Niente di definitivo» continuò Irene, tagliando velocemente le corsie per raggiungere quella di sorpasso. Cercava parole neutre, inoffensive, gentili. E invece le salivano in gola bolle dense, quasi dolorose. «Ma forse è meglio che tu vada via di casa» disse.

Riccardo sfiorò il cruscotto e spostò una scia di polvere. Guardò fuori dal finestrino sperando che quelle ultime parole di Irene sfilassero via e sparissero come i cartelli dell'autostrada. Pensò con terrore alla notte in arrivo, la prima da solo. Poi guardò Irene, il suo profilo, i bracciali complicati, il modo infantile e nevrotico con cui tamburellava il pollice sul volante, e gli sembrò tutto irreale, svanito.

Anche lei si sentiva svanita, con le lacrime che le salivano agli occhi e una voglia tremenda di rimangiarsi le parole, di non aver detto né pensato nulla, ma le sembrò tutto rotto e impossibile da riaggiustare.

Allungò una mano a cercare quella di Riccardo, ma un colpo di clacson la investì alle spalle. Stava guidando a fari spenti.

Era davvero così facile lasciarsi?

Bastava dirlo, buttare qualche indumento in una sacca, evitare lo sguardo dell'altro, chiudersi in bagno a fumare una sigaretta, sentire la porta chiudersi. Negli ultimi tempi avevano evitato mille sguardi, fumato mille sigarette e sentito chiudersi mille porte, ed era forse per questo che anche stavolta poteva sembrare per finta.

Irene restò in attesa di sentire la porta riaprirsi, il fragore delle chiavi sul tavolo, la voce di Riccardo che dice *Sono tornato.* E invece niente. Erano solo le sette, ma Irene decise che si sarebbe messa il pigiama e sarebbe andata a dormire.

Le sette: Irene si ritrovò a contare quante ore erano passate dall'ultimo bicchiere, quello bevuto al bar prima di entrare dalla dottoressa. Già otto ore, solo otto ore. Si sentì fiera senza un reale motivo: otto ore non erano nulla, eppure *quelle* otto ore potevano essere un inizio.

Pensò alla bottiglia di ribolla gialla in frigo e sentì azionarsi qualcosa, come un magnete nel corpo, una forza meccanica, inerziale, che l'avrebbe spinta ad attraversare la casa fino alla cucina, al frigo, alla bottiglia. Al solo pensiero di bere sentì rinnovarsi la promessa di una tregua: il primo sorso le avrebbe restituito tutto, proprio tutto, i discorsi interrotti, il tempo e l'illusione, e la cosa più preziosa, la capacità perduta di sentire davvero dolore. E poi i pensieri si sarebbero ammorbiditi fino a confondersi, sciogliersi ed evaporare del tutto, e lei avrebbe dovuto ricominciare daccapo il giorno dopo, e il giorno dopo ancora. Non è forse questa la natura dell'alcol? L'evaporazione. Restò immobile aspettando che il magnete si spegnesse: un respiro, tre respiri, dieci respiri, e il magnete svanì.

Anziché il pigiama infilò la solita maglietta di Riccardo con su la faccia scolorita di Johan Cruijff, ed ebbe la sensazione di avere un fantasma per casa, curiosamente identica a quella che aveva provato la sera precedente il matrimonio, dieci anni prima: anche quella notte l'aveva trascorsa da sola, sentendosi sul precipizio di una vita nuova. Anche adesso, l'assenza di Riccardo era tangibile e reale come un corpo.

Cercò di immaginarsi cosa sarebbe accaduto ora: Riccardo avrebbe inscenato la parte del marito cacciato dalla moglie impazzita, o del marito impazzito per aver sfondato la soglia massima della frustrazione coniugale, se ne esiste una, e alla fine sarebbe passato per la vittima.

Era stato troppo facile per Irene raderlo al suolo e smontare a uno a uno quei piccoli meccanismi su cui si era retta la loro vita insieme. Era bastato procedere per sottrazione: non parlargli più, lasciare la stanza a metà di un suo discorso, non comprare più i suoi biscotti preferiti, né le lenti a contatto giuste, non farsi più vedere nuda, non farsi più sfiorare, non guardarlo più nel sonno, non ridere più alle sue battute (alcune erano buone), non chiedergli più nulla: *Come stai, Come va, Stai male anche tu?* Era stato fin troppo facile, d'altro canto, esercitare un sarcasmo feroce sull'altra, il Foggia, l'argomento a cui Irene accedeva come in un'arena, con la spocchia di chi ha già vinto. Accecata dalla facilità dello sfascio, Irene aveva tralasciato di sentire anche quanto fosse doloroso. Il sarcasmo verso l'altra, poi, non faceva che svilirla: parlare di Silvia o pensare a Silvia relegandola alla macchietta del Foggia era umiliante, era stupido, perché non si può avere una caricatura come nemico, a meno che non si sia disposti a trasformare in caricatura tutto, Riccardo e se stessa, i loro anni buoni, quelli faticosi, ma anche ciò che in loro era rimasto di sacro e condiviso, cioè il dolore.

Prima di spegnere la luce, Irene diede un ultimo sguardo intorno, a quella stanza così uguale a sempre eppure del tutto nuova, ora. Guardò le foto sulla libreria e le sembrò di capire per la prima volta a cosa servono davvero: ad arginare il flusso del mutamento, a ricordarti da dove vieni. Guarda quella ragazza con l'abito bianco che ride: sei tu, siete voi. Di quelle quattro amiche ritratte su una spiaggia della Grecia ne frequenti ancora soltanto una, eppure eravate amiche davvero. Il giovanotto con la cravatta è tuo padre, cinquant'anni fa, ora è morto e dei suoi sogni e del suo dolore non è rimasto proprio nulla.

La dottoressa le aveva detto che il perdono era l'unica via. Non necessariamente per salvare il suo matrimonio, ma di sicuro per salvare se stessa.

A volte le sembrava di esserne capace, che perdonare fosse possibile: bastava volerlo davvero. Ma a essere onesta, e andando un po' più a fondo, sentiva una specie di resistenza, un rancore in sordina, come una ribellione a basso voltaggio. Il rancore, del resto, le sembrava il naturale solco dell'amore, l'impronta che lascia quando svanisce, e comunque le sembrava di dover perdonare troppe persone e troppe cose. Riccardo e il Foggia, certo, ma anche i colleghi e le loro mogli, che forse sapevano, le sue amiche e i loro mariti, come Marta e Filippo, per non averla saputa aiutare, per aver fatto finta di niente. Ogni volta che provava a perdonare veramente tutto e tutti sentiva di progredire di qualche passo ma a un certo punto tornava indietro, come se ci tenesse troppo, ai suoi rancori. Bisogna iniziare col perdonare se stessi, le aveva detto la dottoressa, e questa era la cosa più misteriosa tra tutte. Cosa aveva da perdonarsi? Gli scoppi di rabbia che aveva inflitto a Riccardo le sembravano l'unica reazione possibile; il disprezzo verso il Foggia era pienamente legittimo; la rottura era la conseguenza inevitabile. Bisognava andare più indietro, forse, e mettere in discussione la natura stessa del loro matrimonio. Il fatto che si fossero scelti tra altre opzioni. Ma c'erano state davvero altre opzioni? Forse aveva ragione sua madre e avrebbe dovuto fare Giurisprudenza anziché Lettere, così non avrebbe conosciuto Riccardo. Aveva sbagliato amici, letture, liceo, forse scuole medie, senz'altro aveva idealizzato suo padre, invidiato sua madre, non aveva frequentato l'asilo. Era un attimo scivolare in una regressione all'infinito, fino allo stato di feto, ma che colpe può avere un feto?

E poi il perdono presuppone che qualcuno ti chieda scusa. Allora forse poteva affrontare la questione in senso inverso, facendo lei il primo passo e chiedendo perdono per prima.

A Riccardo, per averlo amato male, e ai suoi colleghi, per le cene scadenti e nervose.

Alle sue amiche, per essersi sentita superiore quando era felice e per averle evitate quando era triste.

Alla dottoressa, per non averle detto quanto beveva, e anche a tutti i bicchieri che aveva bevuto, uno per uno, a cui era stato facile dare la colpa.

Alla loro casa, per averla trascurata, e a quella stanza in particolare, in fondo al corridoio, che sarebbe stata perfetta per il bambino che non aveva mai voluto. A quel bambino. Alle tende della camera da letto, che erano davvero brutte e forse era per quello che la loro stanza si era svuotata di ogni gentilezza. Era stato stupido e pericoloso convivere con tende brutte, perché ricordavano a entrambi, ogni santo giorno, che avevano smesso di prendersi cura l'uno dell'altra e che non erano più capaci di scegliere niente. Forse potevano ricominciare da lì. Avrebbero potuto ricominciare da lì?

Anche Riccardo rimuginava nel letto della camera numero 14 del residence a cinquecento metri da casa.

Aveva chiamato in redazione per dire che il giorno dopo avrebbe tardato, sperando che non rispondesse la persona che non voleva sentire, e invece aveva risposto proprio lei, il Foggia. «Stai male?» gli aveva chiesto. «Sei triste? Posso fare qualcosa per te?». Tutte domande che avrebbe voluto sentire da Irene e non da lei, e alle quali comunque aveva risposto no, no e no.

Era rimasto sdraiato sul letto a studiare il soffitto, il menu del servizio in camera tra le mani, in attesa. Aspettava la madre di tutti gli attacchi, ora sì che ne avrebbe avuto motivo e forse anche bisogno, e invece il tempo scorreva morbido, come morbida e dolce sembrava l'assenza di Irene, perché da lontano riusciva ad amarla ancora perfettamente. E quello che si impossessò di lui non fu il panico, bensì il suo esatto rovescio, un sentimento di pietà cosmica per se stesso, per quel po' di felicità che aveva cercato e per averla cercata così male, per le bugie e le misere scuse in cui si erano frantumati tutti i discorsi, per il profumo così diverso di quelle lenzuola e per i suoi calzini, che avevano un buco sull'alluce. E poi pietà per Irene, per la bellissima ragazza che era stata, per il dolore che le aveva visto negli occhi e che lei aveva sepolto sotto la rabbia, la gelosia, la cattiveria, tutte maschere di un'unica, brutta ferita. Pensò anche a Silvia, per lei ormai non c'era altro che pietà, in effetti, per la trasformazione carnevalesca a cui l'innamoramento l'aveva indotta, le gonne più corte, la voce più sinuosa, il trucco marcato, i boccoli. L'amore di lui, se amore poteva dirsi quell'infatuazione tanto disperata quanto breve, l'aveva trasformata in una specie di clown, una fanatica dell'ammiccamento e dei messaggini a triplo senso, una storiella triste da redazione maschile. Quanto possono diventare sciocche le persone, quando si sentono a un passo dalla felicità.

Raccolse il cellulare dal comodino e se lo rigirò tra le dita. Cominciò a scorrere lo schermo, avrebbe potuto guardare un po' di foto ma lo avrebbero intristito, oppure poteva aprire Instagram e perdersi nelle foto degli altri. O farsi compagnia con le app: chiamare un Mytaxi e poi disdirlo. Ordinare cinese fino a sentirsi pieno di glutammato e poi annullarlo. Studiare un pacchetto volo + albergo a Tokyo, stupirsi dell'offertona per poi non sapere con chi partire. Misurare la stanza con il metro in 3D e dare finalmente una dimensione precisa alla sua ansia: 28 metri quadri.

Le icone della posta e di WhatsApp segnalavano nuovi messaggi in entrata. Nuove parole e nuovi pensieri in attesa della sua comprensione. Forse era Irene, o forse Silvia, o più probabilmente il gestore telefonico con proposte di tariffe accattivanti: di quanti giga hai bisogno per essere felice?

Si appoggiò il telefono al petto e lo lasciò andare su e giù insieme al proprio respiro. In quel parallelepipedo liscio e ottuso c'erano infinite porte sul mondo; e dietro quelle porte c'erano molte vite possibili e tutte le persone della sua vita reale, con le loro emozioni, le loro richieste, le loro patetiche emoji. C'era tutto, in effetti, e l'idea che quel tutto, la sua esistenza, potesse stare lì dentro lo spaventò al punto da prendere il telefono e allontanarlo da sé. Si sentì improvvisamente solo, spaventosamente solo, ma resistette, poi non resistette più e lo riprese.

Chiamare Irene. Anzi scriverle un messaggio, perché in questo momento non si fidava delle parole che gli sarebbero potute uscire dalla bocca. Chiederle di tornare e non sapere se sperare in un sì o in un no.

Scriverle dell'odore delle lenzuola e del buco nei calzini. È un buon motivo per tornare?

Cominciò a digitare qualche parola, e a cancellarla, a ritentare e poi tornare indietro.

Amore mio

No.

Mi dispiace

No.

Volevo dirti che

No.

Alla fine scrisse solo *I R E N E*, una lettera dopo l'altra, tutte maiuscole, lentamente, come ipnotizzato dal miracolo del suo nome che sbocciava in quel rettangolo di luce, forse l'ultimo posto rimasto dove poterla imprigionare, ora che di lei, che di loro, non c'era più traccia.

UNDICESIMO

Sassi

La cosa difficile in quella zona era che le rotonde si assomigliavano tutte, cartelloni pubblicitari compresi, ancora di più sotto il diluvio. Che poi un cartellone neutralizzava l'altro e pubblicizzare ogni cosa era come non pubblicizzare niente. Si poteva entrare in uno qualunque dei quattrocento outlet e centri commerciali che lambivano la superstrada, in uno a caso, anche bendati, e trovarci le stesse cose agli stessi prezzi: la metà di quello che l'hai pagato l'ultima volta virgola 99. C'era da scommetterci, ma scommettere era la terza compulsione che Carlo aveva mollato in ordine di tempo, dopo l'alcol e gli ansiolitici, ma prima del tabacco e della mania di controllo. Ovviamente SOLO PER OGGI, come da formula di rito.

Accostò in una piazzola per reinserire l'indirizzo di destinazione nel navigatore. I tergicristalli spalavano a fatica quel fiume di pioggia, sembravano implorare una tregua. Il pallino rosso del traguardo ricomparve testardamente lì dove stava anche prima, più o meno a trecento metri dal suo abitacolo, ma l'unico edificio che Carlo vedeva in quel punto era il Paradiso della Brugola. Possibile?

La più difficile in cui entrare era stata la prima fratellanza basata sui Dodici Passi, non certo perché non fosse stato accolto bene, anzi, piuttosto perché non era sicuro che fosse il posto per lui. Ma poi aveva deciso di accettare la scommessa con se stesso (era ancora nel problema del gioco) e di buttarcisi con cieca obbedienza, la stessa con cui aveva bevuto. Si era applicato meticolosamente: novanta riunioni in novanta giorni, Grande Libro, affidamento a un Potere Superiore non meglio identificato, preghiere e letture giornaliere, sponsor. Abbracciare il programma di recupero aveva significato anche familiarizzare con un nuovo lessico: per "sponsor", ad esempio, Carlo aveva sempre inteso la BIRRA MORETTI che siglava i tendoni del suo bar preferito o il marchio JEEP sulle maglie della Juve. E invece veniva fuori che lo sponsor è un membro anziano che ti sostiene e ti guida nella sobrietà. Un fortunato, in altre parole, che puoi ossessionare a qualsiasi ora del giorno e della notte con lagnanze incongrue e debordanti.

L'ammissione di essere un alcolista era stata agevolata da una spettacolare gamma di incidenti, debiti, figure meschine, risse, perdite di memoria e collassi, a cui da ultimo si era aggiunto un vistoso arresto durante la recita natalizia di suo figlio. Non c'era scritto da nessuna parte che non si potesse introdurre alcol all'asilo, e a Carlo sembrava comunque che bere fosse più decoroso che tremare. La direttrice non era stata dello stesso avviso, e nemmeno la polizia.

Accettare che l'alcolismo fosse una malattia lenta, progressiva, inguaribile e mortale aveva invece richiesto più tempo e più candore, ma il giudice (o la giudice, o la giudichessa, o la giudicia, insomma, era una donna) aveva tagliato corto.

«Esami delle urine, ogni settimana, per un anno. Se no, comunità».

La signora aveva il dono della sintesi, senza dubbio, oltre a una somiglianza impressionante con la contessa madre di *Downton Abbey*, a pensarci dopo.

Carlo aveva il sospetto che fosse stata proprio lei, la contessa madre, a innescare quella nuova, inattesa compulsione.

L'aveva incrociata una sera, saltando da un canale all'altro. Era sobrio da cinque anni, non toccava un Tavor da trentadue mesi, erano passati trecentoventi giorni dall'ultima sigaretta e al bingo non ci pensava da un pezzo, quando era planato (ma "attraccato" sarebbe più corretto, come una nave che torna in porto) sulla terza puntata della prima stagione, giusto in tempo per vedere la contessa madre entrare nel salone della libreria e dire: «Dio solo sa cosa ci aspetta». Niente di straordinario, comunque, ma a lui era sembrato di riconoscere qualcosa, di entrare insieme a lei nella stanza, di essere parte della famiglia. Ma da dove veniva quella sensazione di essere a casa, cosa c'entrava *Downton Abbey* con lui che era cresciuto in un trilocale a Varese, figlio di un contabile e di una casalinga?

Dopo aver visto tutti gli episodi di tutte le stagioni di *Downton* era passato a tutti gli episodi di tutte le stagioni di *The Crown*, *Damnation*, *Sherlock*, *Versailles*, *The Royals* e *Last Kingdom*, non disdegnando nemmeno cose più contemporanee come *Mad Men*, *Black Mirror*, *Big Little Lies*, *Lost* e *Stranger Things*, e alla fine aveva capito. Quella sensazione di intimità era la stessa che aveva trovato nell'alcol, nelle sigarette, nei Tavor, nel gioco: un torpore, una tregua da se stessi che si poteva riaccendere a comando. Tutte le compulsioni che aveva sperimentato miravano allo stesso effetto: dimenticarsi di sé. Gli episodi innescavano in lui una voracità sospetta, la ricerca di una sazietà, di una riparazione ultima: ma qual era, in fondo, la ferita originale? L'affiorare di certi interrogativi parlava chiaro: era tempo di tornare alle riunioni di Alcolisti Anonimi.

Negli ultimi mesi aveva frequentato sempre meno, con l'alibi perfetto del trasferimento nella nuova sede di lavoro, ma coltivando segretamente il miraggio di essere guarito. Dal supermercato di viale Papiniano era stato trasferito all'Iper di Carugate e, nonostante si trattasse di un avanzamento di carriera, da caporeparto a direttore, lui si era sentito punito, relegato ai margini del mondo. Mettersi in ferie dalle riunioni di Alcolisti gli era parso un buon risarcimento, e poi la sede a questo punto era troppo lontana, gli orari troppo sbagliati, la voglia di bere svanita: la tipica narrazione che porta dritti al bicchiere, e Carlo lo sapeva. In effetti era bastato cercare su internet per individuare una sede proprio a Carugate, più complesso era stato decidersi ad andarci, e trovarla.

La stanza, così come si chiama qualunque luogo in cui si riunisca una fratellanza, era effettivamente sul retro del Paradiso della Brugola, in un piccolo capannone che ospitava, a turno, il circolo degli scacchi, l'associazione degli alpini, i podisti nel weekend e una serie di altre congregazioni amatoriali con i loro eventi. Ecco perché il cartello dei Dodici Passi era appeso tra locandine che annunciavano tornei di burraco, corse campestri e sagre del piccione.

Carlo si presentò come Dario, avendo sempre preso sul serio il postulato secondo cui l'anonimato è la base spirituale del programma. E infatti lui era Dario in Alcolisti Anonimi, Luca in Narcotici Anonimi, Silvio in Giocatori Anonimi, Massimo in Nicotina Anonimi, Paolo in Emotivi Anonimi.

Nella stanza c'era una dozzina di persone. Carlo puntò a un posto mediano, la posizione che preferiva, e rivolse ai presenti lo sguardo messo a punto negli anni: accogliente ma mai troppo diretto. Finita la formula di apertura, fu il primo ad alzare la mano.

«Sono Dario, alcolista, dipendente, emotivo, giocatore».

Tutti: «Ciao, Dario».

«È un po' che non frequento le stanze, ma sono sobrio da cinque anni».

Ogni volta che dichiarava gli anni di sobrietà, dal primo fino a oggi, aveva la stessa sensazione, che fossero tantissimi e pochissimi al tempo stesso, perché sapeva che in qualsiasi stanza avrebbe trovato di tutto: chi ancora spavaldamente ubriaco, chi sobrio da appena qualche ora, la fascia intermedia di gente sobria da pochi o molti mesi, fino ai cosiddetti anziani, alcolisti con sobrietà stellari che superavano i vent'anni. Gli serviva, quindi, tradurre gli anni in dati concreti: 5 anni volevano dire 1826 giorni, e calcolando una media eufemistica di 5 bicchieri al giorno, sarebbero stati 9130 bicchieri che *non* aveva bevuto. Scansò l'immagine di se stesso sfigurato da 9130 bicchieri bevuti e proseguì.

«Ho un nuovo lavoro, che volevo, ma ora rivorrei quello vecchio. E una ex moglie, che non volevo più, ma che ora rivorrei».

Le teste annuivano. Lo capivano perfettamente.

«Finita la riunione andrò a casa sua e cenerò con lei e nostro figlio. Festeggeremo il mio nuovo lavoro e io dovrò essere felice. Non posso dirlo a nessuno fuori di qui, ma l'unica cosa che vorrei fare, *davvero*, è tornare a casa, sdraiarmi sul letto, spegnere le luci e il telefono e sprofondare in 9125 episodi di *Downton Abbey*».

Lo disse sorridendo, come a scusarsi di essere così stupido anche dopo cinque anni, anche al netto dell'alcol, e qualche risata gli fece eco. Lo capivano perfettamente, ancora, ed era questo che gli era mancato delle riunioni: il dissolversi nella comprensione senza riserve e senza giudizio di altri esseri umani.

Un certo Luca alcolista alzò la mano per condividere alla velocità della luce quello che gli era successo il giorno prima.

«Sono sobrio da diciannove giorni» breve applauso, qualche fischio di incoraggiamento «ma ieri, ripulendo la dispensa, ho trovato una bottiglia di Campari».

Un brivido serpeggiò nella stanza, qualcuno si aggiustò sulla sedia. Si capiva che questo Luca era un novellino, pensò Carlo, perché si sa che nelle stanze non si dovrebbero mai nominare marche di alcolici. Una volta un tizio aveva detto "Tanqueray" e Carlo ci aveva pensato per tre giorni.

«L'ho buttata nella pattumiera, ma poi l'ho ripresa, ributtata ma poi ripresa, perché ho pensato che se una sera viene qualcuno a trovarmi devo avere dell'alcol da offrire, ma poi mi sono detto: *Luca, ma chi cazzo ti viene a trovare, a te?* E mentre facevo un elenco mentale degli amici e l'uno dopo l'altro li dovevo cancellare perché non sono più miei amici, mi sono accorto che erano le sei e mezza e che a quell'ora di solito partiva il negroni e mi è venuto il dubbio di avere una specie di timer alcolico in corpo, come una sveglia che scatta e dice: *Vai, è l'ora*. E infatti senza accorgermene avevo smesso di buttare e ripescare la bottiglia dalla pattumiera e la stavo aprendo, il tappo era appiccicoso e faceva resistenza, ma la stavo aprendo lo stesso e ho sentito l'odore, di botto, l'odore è salito e ha riempito la cucina in un istante, come un incenso in chiesa, cazzo, e mi girava già la testa e allora ho pensato *Be', ormai bevo, no?* E a quel punto è squillato il telefono, una cosa da restarci secco, e chi era? Chi era? Quel rompicoglioni dello sponsor che mi fa: "Dovevi chiamarmi o mi sbaglio? Lo sai che questa è l'ora del diavolo". Ho preso la bottiglia e l'ho svuotata nel lavandino, fino all'ultimo goccio. Svuotare, non buttare. Svuotare. Ho finito».

Le parole di Luca si lasciarono dietro una tensione palpabile, qualcosa di simile alla paura, e soprattutto l'odore di Campari, proprio come un incenso in chiesa.

Poi una donna bionda nell'angolo, Elena alcolista, raccontò di un litigio, l'ennesimo, con il marito. Del desiderio di andarsene e lasciare tutto – lui, la figlia, la casa, il lavoro, il cane – e svanire. Di come la rabbia avesse il potere di stordirla né più né meno dell'alcol e di come a volte si chiedesse se era un buono scambio. Parlava piano, sceglieva ogni parola come se stesse raccogliendo sassi levigati dal letto di un torrente. Nelle lunghe pause che lasciava tra una frase e l'altra, gli sguardi di tutti andavano a lei, al suo silenzio che si apriva nella stanza come un pozzo in cui guardare.

«Comunque» concluse cambiando tono «anch'io mi rifugiavo nelle serie tv, quando bevevo, ma in quelle comiche, con le risate registrate. Ero talmente disperata che avevo bisogno di qualcuno che ridesse al posto mio».

Anche Carlo aveva guardato qualche sitcom, ma le risate in sottofondo gli davano noia. Aveva provato a immaginare i dialoghi senza le risate e l'effetto era patetico, come le persone che ballano senza musica. Anche gli alcolisti senza alcol sono così, patetici?

L'acquazzone si era lasciato dietro larghe pozzanghere azzurre.

Luglio era alle porte e a Carlo sarebbe piaciuto andare a prendere Claudia per portarla al mare, mangiare in un ristorante affacciato sul porto e rifugiarsi in un letto del primo albergo che avessero trovato. Nella sua fantasia c'erano anche del vino e qualche sigaretta, ma questi dettagli non facevano più male come un tempo. Li lasciava esistere senza investirci niente.

Quello che gli faceva sempre male, invece, era non poter tornare indietro e cambiare le cose. Non c'era stata nessuna donna importante dopo Claudia, e forse per questo i tre anni trascorsi dalla loro separazione avevano cambiato la sua vita, sì, ma non il suo modo di sentirsi quando era con lei.

«Claudia è il primo bicchiere» gli aveva detto Ornella, la sua sponsor.

A Carlo era sembrata un'affermazione eccessiva, teatrale: Claudia era la donna con cui era stato sposato quattordici anni e con cui aveva avuto un figlio, la donna che gli aveva dato più amore e che era stata anche sufficientemente saggia da lasciarlo al momento giusto.

Cosa c'entrava con il primo bicchiere, che era il nemico?

Quella sera lei gli raccontò di aver avuto un piccolo incidente. «Ho sentito un botto, come uno sparo. Pensavo chissà cosa, invece era solo un sassolino».

Dopo cena scesero in strada e Claudia si sporse sull'auto parcheggiata, cercando di rintracciare sotto le dita l'esatta forma dell'incrinatura sul parabrezza.

«Vedi? È qui».

In alto si allargava una ragnatela di crepe, una piccola supernova con i suoi raggi.

«Ti è andata bene» disse Carlo. «Poteva spaccarsi tutto».

«Io ho pensato esattamente il contrario» disse lei. «Poteva non prendermi, o non spaccare niente».

Nessuno dei due si stupì per la diversità di vedute, era uno scambio tipico tra una persona normale e un alcolista: la persona normale, confidando in una relativa immunità, trovava in qualsiasi incidente un che di persecutorio e ingiusto; l'alcolista, partendo da un totale catastrofismo, trovava che un incidente senza morti fosse un colpo di culo. Il risultato era paradossale, perché vedeva stizzito l'ottimista e sollevato il pessimista.

Si guardarono un momento, poi Claudia alzò gli occhi verso la nuvola di fumo che le usciva dalla bocca e Carlo li abbassò a terra.

«Grazie per la cena» disse lui.

«Figurati» disse lei.

«Giacomo sembra in forma».

«Lo è» disse Claudia. Su entrambi vegliava la finestra del

loro figlio, un rettangolo giallo al secondo piano. Claudia lo immaginò intento a ripassare i compiti, Carlo davanti alla televisione. Ognuno aveva il suo Giacomo.

«Allora sabato lo accompagni tu alla partita?».

«Certo» disse Carlo, depennando la riunione di Alcolisti del sabato alle quattro.

«Lo terresti anche a dormire?».

«Volentieri» e a saltare questa volta fu la riunione di Emotivi della domenica alle nove.

Perché, hai programmi? fu sul punto di chiederle, ma non lo fece.

Così come non chiese:

Esci a cena?

Con chi esci?

Dormi fuori?

Eri con lui due settimane fa?

Ci sei già andata a letto?

Ti è piaciuto?

Mi hai pensato?

Sbaglio o le tue gonne si sono accorciate?

Non dicevi che le unghie rosse erano volgari?

Perché su WhatsApp sei sempre online?

Ti piacerei se non mi conoscessi?

Non ti sembra un po' esplicita la tua foto profilo?

Mi ami ancora?

Perché ci siamo lasciati?

È troppo tardi per tornare insieme?

Mi trovi grasso?

E se provassimo a baciarci?

Ma tu mi vuoi bene?

Andiamo al mare?

MA TU MI VUOI BENE?

Claudia l'aveva trovato bene, anche se un po' silenzioso.

Giacomo non aveva ripassato storia né guardato la tv. Li aveva spiati dalla finestra, sperando in un bacio vero, e ora fingeva di dormire.

Carlo risalì in macchina e si guardò nello specchietto. La stella sulla sua guancia, quella voglia che quando era agitato si faceva più scura, si era ridotta, nel tempo.

Accese il motore e fece il numero di Ornella, la sua sponsor.

«Aspetta!» gli urlò lei nel telefono.

Parlava con qualcun altro, e Carlo si chiese quanti telefoni dovesse avere una sponsor. La sentì parlare di Urano e Nettuno, possibile?

«Cosa c'è?» disse poi. Finalmente ascoltava lui.

Ornella alcolista non beveva da diciassette anni, che erano esattamente gli anni del matrimonio di Carlo più quelli della separazione. Quindi lui in Ornella vedeva i suoi diciassette anni con Claudia, ma tutti sobri. Non era un pensiero metaforico, ma una cosa organica.

«Ho cenato con Claudia».

«E allora?».

La erre moscia di Ornella risuonò in tutto l'abitacolo.

«E sabato sera andrà a letto con il suo nuovo uomo».

«Ti ha detto proprio così?».

«Ovviamente no. Ma io lo so».

«Ma che cazzo sai, tu?» gli urlò Ornella, così forte da coprire le voci della televisione, perennemente in sottofondo a un volume paranormale.

«Lo so. Mi ha chiesto se posso tenere Giacomo a dormire, anzi già dal pomeriggio. Ha un programma».

«TU hai un programma, coglione!». Il turpiloquio era il primo, rudimentale attrezzo con cui Ornella assaltava le sue paranoie.

«E cosa dice il programma?» implorò Carlo, pur sapendolo benissimo.

«Di farti i cazzi tuoi».

«Ma se Claudia ha un altro?».

«Se Claudia ha un altro» la voce di Ornella era in falsetto, ora, perché la caricatura era il secondo attrezzo «tu non ci puoi fare niente. Lei ha la sua vita. Tu hai la tua».

Pensare alla sua vita adesso, sullo svincolo della tangenziale, con i fari che illuminavano solo asfalto e diverse ore di totale solitudine davanti a sé, era come chiedere a un mutilato di fare la ruota.

«Ok» disse invece, fingendo. «Ma perché sto ancora male?».

«Perché tu vuoi cambiare il passato, e vuoi cambiare anche Claudia. E non puoi».

«Sì» sussurrò lui. Era tutto banale e scontato, eppure. «Ma perché, se lo so, sto male lo stesso?».

«Perché sei un alcolista».

«Ma non bevo da cinque anni, cristo!».

«E allora? Non l'hai ancora capito?» e qui il tono di Ornella si smorzò. Il terzo attrezzo era la compassione. «L'alcolismo è la malattia della relazione, non della bottiglia. Ed è inguaribile. Come te lo devo dire? Non basta non bere: se bevi muori, ma vivere è tutta un'altra cosa». Pausa. «Mi senti, cazzo?».

«Mi dici la frase che mi fa ridere?».

Ornella sbuffò.

«*Miriamo a progredire gradualmente secondo princìpi spirituali*».

Era la frase con più erre di tutto il Grande Libro, e a Carlo di solito faceva molto ridere sentirla pronunciare da Ornella. Non stasera.

«Quindi non posso chiamare Claudia e chiederle se ha un altro».

Ornella riattaccò.

Le prime volte Carlo ci restava male. Ora non più, perché interrompere certe conversazioni era effettivamente l'unico modo di interrompere l'avvitamento dei pensieri. E poi gli dava sicurezza, perché voleva dire che Ornella non temeva che lui andasse a bere. Non come i primi mesi, quando restava al telefono con lui anche tutta la notte, finché non lo sentiva russare.

Provò a farsi da sponsor da solo, ripassando mentalmente i quattro cartelli che campeggiavano in tutte le stanze di Alcolisti Anonimi:

DAI TEMPO AL TEMPO
FAI LE COSE CON CALMA, MA FALLE
PRIMA LE COSE PIÙ IMPORTANTI
AZIONE È LA PAROLA MAGICA

E allora lui avrebbe dato tempo al tempo suo e di Claudia per regredire di nuovo nella memoria, avrebbe fatto la cosa più importante che al momento era tornare dritto a casa senza fermarsi in nessun bar, e avrebbe fatto Azione: si sarebbe lavato i denti con cura ossessiva, avrebbe indossato un pigiama pulito, si sarebbe ricordato di mettere l'acqua sul comodino, avrebbe messo la sveglia alle sette e avrebbe spento la luce ripetendo la preghiera della Serenità. Avrebbe lasciato andare Claudia e le sue gonne corte e avrebbe finalmente archiviato anche queste ventiquattro ore. In fondo, un barlume: un episodio di *Downton*, uno solo. Poteva concederselo?

La sua attenzione fu catturata da un'enorme scritta, ACCETTAZIONE: brillava nel buio su un cartello che indicava l'ingresso dell'ospedale. Non l'aveva mai visto. Un miraggio? Guardò meglio, ma il cartello era già sfilato alle sue spalle.

Stagione 3, episodio 9: è un *Christmas special*, dura il doppio.

Nonostante fosse tra gli episodi più avvincenti e conoscere a memoria alcuni passaggi lo gratificasse oltremodo, Carlo non riusciva a concentrarsi.

Ornella gli aveva detto che gli anni di sobrietà non c'entrano niente: ma se non è strettamente legato al bere, perché si chiama alcolismo? E se invece c'entra l'alcol, perché non guarisce con l'astinenza? Sentiva di muoversi su un crinale rischioso, quello che porta a smontare la certezza di essere malati di una malattia vera. Il passo successivo è provare a bere di nuovo, un esperimento che aveva tentato di fare di recente, una mattina, in un bar accanto al supermercato di viale Papiniano. Aveva ordinato un fernet e l'aveva tenuto in mano, sentendo il cuore battere sempre più forte e il liquore scaldarsi tra le dita, quando era entrata nel bar una donna dai capelli rossi. Carlo aveva riconosciuto in lei un che di stralunato, e infatti la donna si era avvicinata al bancone in un modo molto tipico, più un abbraccio che un appoggio, e aveva ordinato un vino bianco. I loro occhi si erano incrociati e la rossa gli aveva sorriso abbassando lo sguardo e impugnando il bicchiere. *Non farlo*, aveva pensato Carlo, e invece lei l'aveva vuotato ed era scappata come una ladra. L'incantesimo era rotto: si era visto nella donna e si era fatto pena. Aveva lasciato lì il fernet ed era scappato anche lui.

Tenere lontano il primo bicchiere: tutto qui. Eppure continuava a tormentarsi: alcolisti si nasce o si diventa? C'era una falla nel ragionamento. Doveva capire.

Ripensò al parabrezza incrinato di Claudia. Il sassolino era spuntato dal niente, scagliato dal Caso, lo stesso Caso che aveva scelto tra milioni di macchine quella di Claudia, e sul suo parabrezza il punto giusto per insinuarsi nella trama del vetro e spaccarlo. Un banale sassolino, con l'esito di uno sparo.

Poteva essere così: una cosa da niente doveva aver impattato sul parabrezza della sua vita intersecando tutte le variabili giuste per trasformare un sorso – non uno prima, né uno dopo: solo *quello* – in uno sparo. E in quel momento qualcosa si era spaccato e sarebbe rimasto rotto per sempre.

«È tardi!» urlò Giacomo salendo in macchina.

Ogni volta era così: non importava con quanto anticipo arrivasse Carlo, Giacomo era già in strada con il borsone in spalla e l'aria di chi aspetta da un pezzo.

E poi: «Come sta la mamma?» chiedeva sempre Carlo.

«Tutto ok» rispondeva sempre lui, con la testa altrove, già infestata dalle formazioni delle squadre.

Carlo guardava la strada ma intanto cercava indizi sullo stadio di trasformazione di Giacomo. Minacciava la trasfigurazione come certi cieli minacciano temporali in lontananza: sembrava dovesse diventare un uomo da un momento all'altro, ma non c'era niente di lineare in realtà, era più un tentennamento, un moto ondivago tra l'infanzia e un'adolescenza che restava sempre all'orizzonte. Dodici anni. Carlo si sentì uguale a lui, nell'oscillazione tra progressi e regressi, tra svolte e inciampi. Dodici passi.

LA CONVERSAZIONE CHE NON C'È STATA

C: Allora, tesoro, come stai?

G: Molto bene, grazie, e tu, papà?

C: Bene. Anche se è sempre triste svegliarsi soli.

G: Ma ora siamo insieme. Anzi, ti volevo ringraziare. Non tutti i padri annullano i propri impegni per stare con i figli.

C: Ma figurati.

G: No, davvero: sei un padre speciale.

C: Be', in passato ho avuto anni difficili.

G: Lo so, papà. Ma un grande uomo si vede nelle difficoltà.

C: Davvero? Quindi non mi disprezzi? Non ti vergogni di me?

G: Io? Anzi. Anche sull'arresto alla recita, siamo sinceri: è stato un gesto di grande umiltà farti portare via dai poliziotti, e comunque, per dio, alla recita tu c'eri!

C: Quindi mi perdoni? Mi vuoi bene?

G: Papà, che domande. Sei la persona a cui voglio più bene al mondo.

LA CONVERSAZIONE CHE C'È STATA

C: Allora, tesoro, come stai?

G: Ok.

C: E cosa mi racconti? La scuola? Ragazze?

G: Dai, papà.

C: Pensavo che potremmo passare più tempo insieme.

G: Perché?

C: No, così... magari potresti stare da me a dormire un paio di sere alla settimana.

G: ...

C: Adesso ci sono le vacanze, ma da settembre...

G: ...

C: Basterebbe svegliarsi una mezz'ora prima per arrivare a scuola in orario. Faremmo colazione e potremmo parlare di tutto. Tra poco dovrai iniziare a farti la barba, sai? E questa è una cosa che ti posso insegnare solo io, senza nulla togliere alla mamma. Mi ricordo che mio padre...

G: Ecco, lo sapevo. Sono già arrivati tutti.

Giacomo aprì la portiera mentre la macchina ancora si aggiustava nel parcheggio.

«Ne parliamo dopo, ok?» gli urlò scappando fuori e lanciandogli un sorriso che era un po' il boccone che si lancia al cane. Carlo lo raccolse cercando di non essere ingrato: era un sorriso bellissimo, uno dei suoi ultimi sorrisi da bambino.

Lo guardò sparire nello spogliatoio ed entrò nel bar, cercando una *Gazzetta* o un *Corriere* dietro cui trincerarsi con la stessa urgenza con cui un tempo avrebbe cercato una birra in frigo. Gli scambi con gli altri genitori erano una prova di tolleranza che si era rivelata fuori dalla sua portata, ma i quotidiani erano già spariti e non gli restò altro da fare che ordinare un chinotto e dirigersi alle tribune.

«Il nuovo allenatore è veramente una testa di cazzo».

Autelli, il papà di Pietrino, gli si piazzava sempre accanto con la sua stazza egocentrica e una parola buona per tutti. Era ossessionato dall'allenatore.

«Che poi, allenatore! Sai cosa faceva fino all'altro giorno?».

Carlo gli concesse appena uno sguardo.

«Il becchino! Ti rendi conto? Se mi tiene Pietrino in panchina anche oggi, giuro che faccio una strage».

Giacomo in effetti gli aveva detto di un nuovo allenatore.

«Ti trovo bene» gli disse Carlo.

«Io? Da dio. A parte i casini con la mia ex moglie, che se la mangiasse un cane».

Carlo lo osservò tracannare lunghi sorsi di birra, senza peraltro dedurne nulla, in fondo era sabato, in fondo erano già le tre, ma avrebbe voluto dirgli che

EVIDENTEMENTE UNA VITA PIENA DI PROFONDI RISENTIMENTI PORTA ALLO SVUOTAMENTO DI SÉ E ALL'INFELICITÀ

oppure che

OGNI VOLTA CHE SIAMO TURBATI, NON IMPORTA QUALE SIA LA CAUSA, C'È QUALCOSA DI SBAGLIATO IN NOI

Ma aveva imparato a riconoscere certi slanci didattici, ossia tutte le volte che avrebbe voluto illuminare gli altri dispensando perle spirituali a cazzo, come un esercizio di presunzione dietro cui c'erano solo giudizio e mancanza di umiltà.

Quindi disse solo: «La separazione è difficile».

«Eh? Sì» rispose Autelli, guardandolo per capire se fosse sarcastico o solo depresso. «Hai visto che bomba la nuova insegnante d'inglese?».

Carlo chiese permesso e si alzò per rispondere a un telefono che non squillava.

Cenarono davanti alla tv, cosa che Carlo sapeva essere diseducativa ma che aveva deciso di concedere a sé e a suo figlio, dopo un certo dibattito interiore, anche come affermazione del proprio libero arbitrio.

Giacomo aveva perso la partita, lui aveva perso la riunione, e una sitcom per ragazzini era un luogo tutto sommato piacevole dove accomodarsi insieme.

«Domani andiamo al lago?» gli propose.

Giacomo annuì, perso nei dialoghi tra un certo Roy, il bullo complessato con capelli neri e giubbotto di pelle, e un tale Austin, l'eroe positivo, alto-borghese e biondo come un arcangelo. Carlo osservava la puntata con un certo distacco critico, e un certo conseguente sollievo, trovando che fosse tutto molto stereotipato, prevedibile e moralistico.

Prevedere dava un senso di potere e sicurezza impagabile, quasi quanto il ri-sentimento, l'avvolgersi in sentimenti già provati.

Quante volte, da piccolo, Giacomo gli aveva chiesto la storia dell'uomo nero, o il terribile caso dei tre porcellini, inseguiti fino al termine delle terre emerse da un lupo psicopatico?

Milioni di bambini nel mondo si erano sentiti raccontare queste storie sera dopo sera e le avevano chieste ancora e ancora, perché era così che si addormentavano dolcemente. Lasciarsi cullare da quello che già si conosce, assaporando ogni parola come se fosse nuova.

Ecco forse spiegata la differenza di prospettiva tra genitori e figli. Gli adulti guardano indietro, chiedono e teorizzano sulle vite dei loro figli, mentre i ragazzi procedono giorno per giorno – come nel programma, ma senza un programma – nella serena indifferenza riguardo al futuro. Del resto, cosa può esserci di davvero interessante e rassicurante in ciò che non si può capire e che non si è mai immaginato? Nel futuro non può attivarsi alcun riconoscimento. Carlo sentì di scivolare nel tipo di ragionamenti circolari e fondamentalmente inutili che un tempo lo portava a bere; e bere significava salire su un'altra giostra, accedere a un altro ordine di pensieri circolari, in retromarcia però, in direzione opposta e contraria a ciò che aveva tentato di costruire fino a un attimo prima, che fosse una conversazione, un'emozione, un'idea appena intravista o una famiglia.

Anche l'alcol era una fiaba dal finale già noto e per questo a suo modo rassicurante. Una stagione tra le altre, già vissuta: tutto qui, o poco più di questo.

Forse per via della luce irreale del cielo, cupo di nubi e luminosissimo al tempo stesso, o per la moka che era esplosa tinteggiando di caffè la cucina ed eccitando Giacomo come un fuoco d'artificio a porte chiuse, questa era la mattina più bella che Carlo ricordasse. Cosa strana, per una domenica.

Il lago brillava come una distesa di diamanti e se si stava immobili, seduti sulla stretta lingua di sabbia appena accanto al porticciolo, i cigni si avvicinavano fin quasi a farsi toccare. Che poi, a dire il vero, i cigni è bello guardarli da lontano, mica averli vicini, con quelle piume dure che puzzano di fogna e un carattere tignoso che non ha nulla di spirituale. Giacomo, però, provava sempre a toccarli senza farsi beccare, ed era bello vederlo in questa danza.

«Nascono scuri» disse Giacomo. «Lo sapevi?».

«No» mentì Carlo. «Davvero?».

A Giacomo piaceva molto spiegare le cose a suo padre.

«Sì» disse. «È il brutto anatroccolo, no? Nasce grigio e goffo, e poi guarda».

Il bianco dei cigni era effettivamente imbattibile.

«Papà» chiese poi Giacomo, buttandosi accanto a lui con una mancanza di coordinazione che solo i suoi dodici anni potevano rendere accettabile. «Mi dici una cosa?» e intanto dragava la sabbia con le mani cercando sassolini da scagliare in acqua.

«Certo» disse Carlo. A che età esordisce il fastidio invincibile per la sabbia?

«Ma tu e la mamma» primo sasso, lancio corto. «È per l'arresto che vi siete lasciati?».

Carlo avrebbe preferito tuffarsi nel lago e annegare piuttosto che affrontare questa conversazione.

«Be', sai» secondo sasso, cigno in fuga «quello è stato un momento difficile, sicuramente. Però anche un momento buono, per il dopo».

Terzo, quarto sasso. Cerchi sul lago si allargavano come onde sonore mute.

Giacomo non fiatava, e il suo silenzio era un invito a continuare.

«Perché, vedi, io mi stavo perdendo. Ero molto triste, così triste che non riuscivo a fermarmi. Ed ero anche molto arrabbiato per il fatto di essere così triste. Forse l'unica cosa che poteva fermarmi e farmi cambiare rotta era proprio l'arresto».

«Lo dice la parola» osservò Giacomo.

«Giusto».

«E perché eri così triste?».

Millesimo sasso, lancio lunghissimo.

«Sai che non lo so?» disse Carlo. «È strano ma è così. Diciamo che sto cercando di capirlo».

Ornella alcolista gli aveva raccontato di essere stata una bambina brutta e timida, ma che disegnava come un dio. Sua madre era una donna severa, di pochi abbracci e nessun bacio. Era una maestra delle elementari e insegnava nella stessa scuola che frequentava Ornella. Un giorno le aveva chiesto di farle visita in classe per mostrare ai suoi allievi i diversi modi di disegnare un fiore. Ornella andava in quinta, mentre la madre insegnava in terza e quindi le sarebbe bastato scendere di un piano all'ultima ora.

«Ho passato i giorni e le notti a preparare schizzi e disegni, calle e rose e tulipani» aveva raccontato a Carlo. «Ogni fiore era un mondo e andava mostrato perbene».

Il cuore le esplodeva di emozione all'idea di insegnare accanto a sua madre, voleva dire che era fiera di lei e che l'amava davvero. Così, il giorno stabilito, Ornella era scesa in terza con la sua cartella di disegni da mostrare alla classe e sua mamma le aveva chiesto di disegnare un fiore alla lavagna. Aveva chiamato una bambina dal banco e le aveva detto di mettersi vicino a Ornella e di fare come faceva lei. Ornella aveva preso il gessetto con la mano che le tremava, ma poi era bastato appoggiarsi alla superficie nera e polverosa della lavagna perché s'innescasse la magia. Aveva iniziato a tracciare un gambo, poi il profilo di una foglia, e la bambina cercava di imitarla tirando righe incerte proprio accanto alle sue, nitide e sicure; ma al terzo tentativo, sentendosi incapace, la bambina aveva lasciato cadere il gessetto e aveva incrociato le braccia. Ornella, trionfante, vergava la sua corolla come se dal suo fiore fossero dipesi tutti i fiori del mondo. Sua madre, anziché elogiare Ornella come lei si aspettava, si era avvicinata alla bambina, le aveva sorriso e le aveva scoccato un bacio sulla fronte. E il mondo di Ornella aveva tremato. Aveva finito il fiore in silenzio, col viso quasi attaccato alla lavagna per nascondere le lacrime, e se da quel fiore non dipendevano certo le sorti del mondo, il suo destino aveva deviato la rotta di qualche millimetro.

«Ma perché, poi, ti avevano arrestato?».

Carlo accolse l'ingenuità di quella domanda come un dono. Non ricordava niente, vero? Era troppo piccolo per essersi accorto dell'alcol e delle urla, vero?

«Cosa ricordi, tu?».

Giacomo raccolse un'altra manciata di sassi.

«Boh, io ero sdraiato sul palco, facevo il prato, ti ricordi?».

«Certo» mentì Carlo. Non ricordava nulla e comunque: che ruolo è? «Un bellissimo prato» aggiunse.

«A un certo punto però ho visto che vomitavi».

Carlo annuì resistendo alla tentazione di minimizzare.

«E mi ricordo che la direttrice s'è messa a urlare».

«Be', aveva ragione» ammise Carlo. IL TUO NEMICO È IL TUO MIGLIOR MAESTRO, avrebbe voluto aggiungere, ma aveva sempre evitato di citare massime del programma con suo figlio.

«Ma uno può stare male, no?» chiese Giacomo, con una foga che faceva pensare a una domanda rimasta inevasa per troppo tempo. «Non capisco perché hanno chiamato la polizia» aggiunse sottovoce.

Carlo gli rubò un sasso. Sembrava che quella conversazione potesse esistere solo così, lanciando sassi.

«Ascolta, è complicato. Io stavo male, certo, ma avevo anche infranto delle regole, moltissime regole sia della scuola sia del mondo in generale. Col tempo capirai».

«No, papà. Adesso».

Ornella non aveva mai confidato quel dolore a sua madre, e l'eco del bacio sprecato le era rimasta dentro per sempre.

«Ok» disse Carlo. «Allora».

Prese fiato e cercò dentro di sé le parole più giuste, sapendo che avrebbero potuto essere anche le ultime sull'argomento. Aveva il mare, dentro, e avrebbe dovuto distillarlo in poche gocce.

«Avevo bevuto troppo, quel giorno. Avevo bevuto troppo per diversi anni, in realtà, e soprattutto nei mesi precedenti. È una cosa che non dovrebbe succedere, ma che ad alcune persone succede».

«Come mai?».

«Be', in un certo senso può essere come le sigarette, cominci con una e poi ti trovi dipendente».

«Ma la mamma fuma e ogni tanto beve anche un bicchiere di vino. Però non vomita. E non l'hanno mai arrestata».

No, l'alcol non è come le sigarette, e lo sapeva anche un dodicenne. Esperimento fallito.

«No, infatti». Daccapo. «Allora. Ci sono alcune persone che sviluppano una specie di allergia all'alcol. All'inizio no, poi se esagerano superano un punto e diventano allergiche per sempre».

«E la polizia?».

Qui era più dura. Tre sassi nel lago.

«La polizia arriva quando perdi il controllo. Vedi, l'allergia di cui parlo io non è di quelle che diventi gonfio – un po' sì – e non respiri più – un po' anche. L'alcol ti trasforma dentro. Prende il comando. Mi ero messo a farfugliare cose sbagliate in modo aggressivo, ecco, e anziché chiedere scusa alla signora per averle vomitato nella borsa, be', l'ho insultata».

Giacomo rise e Carlo non avrebbe saputo dirgli quanto quella risata lo stesse salvando.

«Tipo pazzo?» chiese poi.

«Sì, tipo pazzo scatenato».

«Forte» disse Giacomo.

«Mica tanto» disse Carlo. «Ho anche detto alla direttrice» continuò sull'abbrivio della risata di Giacomo che cresceva «quella povera donna gentile, che se non ordinava al bidello di lasciarmi il braccio l'avrei aspettata fuori e le avrei mangiato la faccia».

Giacomo tornò serio.

«Ma non l'avresti fatto, vero?».

«Non lo so» disse Carlo. «Ero ubriaco».

Il lago non brillava più come prima, la luce era più cupa e più uniforme, se possibile ancora più bella perché filtrata da grandi nuvole scure.

Era quasi ora di ripartire; Carlo lanciò un ultimo sasso e guardò i cerchi allargarsi. Due, tre, quattro cerchi perfetti.

«È tutto qui?» chiese Giacomo. «Un'allergia dell'anima?».

Carlo guardò suo figlio e per la prima volta fu certo di averne una.

«Sì» disse. «Direi che è tutto qui».

Il bacio mancato di Ornella era caduto così, sul lago ancora vergine della sua infanzia, bucando la superficie e allargando cerchi veloci. Un cerchio per il dolore di Ornella, uno per la bambina che non sa disegnare, uno per la madre che non sa amare.

«Inizia a piovere» disse Carlo. «Andiamo?».

«Ok» disse Giacomo. «Andiamo».

Si alzarono ma restarono lì, l'uno la versione piccola dell'altro, sotto il cielo che si sfaldava piano in gocce di pioggia sopra di loro, sopra il lago, sempre più gocce – o erano sassi, o erano baci – aprendo cerchi silenziosi che svanivano per fare spazio ad altri cerchi, e ad altri ancora, e ancora gocce, e ancora cerchi.

DODICESIMO

Soffio

L'infermiera spense la tv su un calcio d'angolo decisivo con la stessa disinvoltura con cui avrebbe potuto spegnere una televendita di sifoni.

Ai piedi del letto comparve la figura corpulenta del primario, il professor Karolus Klinger, e dietro di lui, quasi completamente oscurata, la sagoma minuta dell'assistente.

Klinger, ordinario di Neuropsichiatria all'università di Zurigo, fumatore occasionale e bevitore sociale, aveva fama di tenere per le palle le depressioni bipolari. Si conoscevano già, era il terzo ricovero di Leo negli ultimi due anni, ma sulle reali capacità del professore Leo non avrebbe saputo esprimersi: sapeva solo che Klinger evitava come la peste qualsiasi conversazione superflua con i propri pazienti o i loro sbigottiti familiari, che spesso, spessissimo, scambiavano ansia e sconcerto per strumenti terapeutici.

L'assistente, appena dietro le sue spalle, sintetizzava il rocambolesco approdo di Leo alla clinica con un volume di voce rasente al sussurro.

Era stato portato lì su indicazione del consolato svizzero, dopo il rimpatrio da Tokyo.

Leo ricordava vagamente un breve tragitto su una sedia a rotelle completa di una bandierina con croce bianca in campo rosso. O l'inverso? Comunque, la gente all'aeroporto l'aveva guardato strano ed erano tutti altissimi rispetto a lui che procedeva seduto, spinto da chissà chi.

«La sintomatologia predominante è quella tipica da shock postraumatico in conseguenza del terremoto» stava dicendo l'assistente.

«Chiaro. Chiaro».

«La questione sarebbe quindi di per sé banale se in concomitanza allo shock il paziente non avesse ingerito una significativa quantità di acido lisergico...».

Lo sguardo del primario andò all'assistente, poi a Leo, poi di nuovo all'assistente, che scorreva nervoso la cartella clinica alla ricerca di conferme.

«... oltre all'assunzione pregressa di altre sostanze allucinogene e psicotrope ancora poco chiare per composizione e dosaggi, e quello che l'alcol test ha rivelato essere» e qui primario e assistente si sporsero insieme sulla cartella clinica come a sondare il fondo di un pozzo «una dose *letale* di alcol».

Il primario estrasse dalla tasca del camice una piccola torcia e la puntò rapidamente prima all'una e poi all'altra pupilla di Leo, verificandone la reattività. Si chinò in avanti per assicurarsi che il paziente lo sentisse.

«Come andiamo? Come si sente?».

Leo non riusciva a parlare, e comunque non capiva del tutto la struttura della domanda. Non si sentiva male, nemmeno bene, non si sentiva affatto. Nella sua testa andava in scena un rapido susseguirsi di flash illogici: un vaso bianco che cadeva mille volte, la sua bocca schiantata su un tappeto rosso, un nastro infinito di scale che si srotolava sotto i suoi piedi. Per un istante si sentì come la cornice elettronica che ricordava di aver tenuto in mano, uno schermo nero e sottile su cui sfilavano immagini sconnesse.

Al primario era bastato valutare il dosaggio dei farmaci – VENLAFAXINA 2 x 10 gt, ELONTRILL 2 x 5 mg, SERENASE 3 x 15 gt, OLANZAPINA 1 x 2 cpr, MINIAS 15 gt (al bisogno) – per sapere che un vero e proprio colloquio con il paziente non era possibile, né auspicabile.

Dopo la prima scossa, il terremoto si era incredibilmente fermato.

Leo riusciva solo a sentire la concierge che ripeteva ossessivamente il proprio nome – «*My name is Ayuki*» – e per alcuni secondi il Fujiza Tower Hotel aveva continuato a oscillare inerte in un silenzio compatto, gravido di suoni, come quello che segue uno schianto o una grande sinfonia.

Poi si erano innescate le sirene di evacuazione e Ayuki era scattata come un gatto, afferrandogli la mano e trascinandolo in una corsa a perdifiato verso la tromba delle scale.

Trentaquattro piani.

Li avevano scesi a precipizio, giù, l'uno dietro l'altra, i gradini tre a tre, senza potersi fermare a chiedersi dove fosse davvero l'inferno, se era rimasto lassù insieme alle scosse o se li attendeva giù, nelle strade, al pianoterra dell'apocalisse. A ogni piano si aggiungevano decine di persone, una folla in fuga che si faceva sempre più fitta e iniziava ad assomigliare a un movimento di insetti manovrati dalla paura.

Il primario appoggiò una mano asciutta e abbronzata sul polso di Leo e mosse le labbra in un labiale muto. Dettava qualcosa all'assistente.

Nella hall, davanti alle uscite, si era formata la calca. Leo era certo di aver incrociato lo sguardo di Stephan, ma poi l'aveva perduto. Si sentiva qualcuno piangere, gli stranieri soprattutto erano in preda a reazioni isteriche, mentre i giapponesi avevano assunto un atteggiamento di fatalismo e passività terrificanti.

Anche Ayuki, una volta raggiunta la folla alle uscite, aveva allentato la presa dal suo braccio e si era messa in attesa, zitta e immobile, accanto ai suoi connazionali.

A quel punto Leo aveva cercato il telefonino per chiamare qualcuno – Davide, Anna, sua sorella, *qualcuno* – ma si era reso conto di averlo lasciato nella stanza. In una tasca dei jeans, però, aveva trovato qualcosa, un quadratino di carta blu, regalo dell'anglocoreana che aveva conosciuto nella doccia.

Rigirandoselo tra le dita, Leo aveva pensato tre cose: che sperava che l'anglocoreana non fosse morta, che era fuori di testa da troppi mesi per pensare di poter affrontare quella situazione da lucido, e che il francobollino blu fosse un lascito d'amore, un amuleto del destino. E così, sicuramente in stato di shock, sentendosi sull'orlo di un gesto folle e desiderando di sprofondare nella follia per sempre, Leo si era infilato l'acido sotto la lingua e si era ritrovato in strada, partorito sull'asfalto spaccato insieme ad altri uomini e altre donne.

I dottori lasciarono la stanza. Al loro posto rimase solo l'infermiera, che si muoveva impalpabile alla sua destra cambiando la boccia della flebo con un sorriso angelico.

Le persone camminavano senza meta per le strade, molte avevano i volti coperti da mascherine bianche, come se la città fosse un'immensa sala operatoria ingombra di auto immobili e storte. Allarmi e clacson e voci metalliche dagli altoparlanti sibilavano come preghiere nel cielo incredibilmente vuoto di uccelli. Le finestre scoppiate rilucevano in alto, irregolari, dando un'espressione feroce alle facciate dei palazzi. Leo aveva capito che l'acido cominciava a fare effetto quando si era ritrovato appeso al braccio di un ragazzo enorme, in giacca e cravatta, che sembrava grondare lacrime da ogni poro della pelle. Era inglese o tedesco e teneva un cellulare a mezz'aria, ci stava aggrappato come un naufrago guardandosi intorno con la faccia tutta bagnata. Leo gli aveva chiesto se poteva fare una telefonata.

Lui l'aveva guardato senza capire.

Una telefonata.

Il ragazzo aveva porto il cellulare a Leo senza mollare la presa. Sembrava più fuori di lui. Leo aveva iniziato a digitare tra le dita dell'altro il numero di Anna, un numero lunghissimo e pieno di prefissi che avrebbe dovuto attraversare il pianeta e gli oceani per raggiungerla. *Sono vivo e ora torno a casa*, le avrebbe detto, *in qualche modo torno a casa*, ma era riuscito a sentire soltanto uno squillo lontano subito troncato perché il ragazzone era corso via con il telefono, con Anna dentro, verso una donna vestita di azzurro.

In quel momento era arrivata l'altra scossa, montando come un'onda di asfalto tra i piedi delle persone che correvano. Ma dove correvano? Il terremoto era ovunque, tutto e tutti vi erano immersi come in un liquido amniotico, e quindi?

Quindi lui si era sdraiato per terra guardando il cielo, l'unica cosa ferma.

Se n'era andata anche l'infermiera, ormai.

Leo aprì e chiuse il pugno più volte per individuare l'esatta posizione dell'ago nel braccio. Cercò il telecomando con lo sguardo, forse la partita non era ancora finita, ma sentì il sonno invaderlo e si accorse di essere esausto. Chiuse gli occhi e lasciò che tutti gli altri ricordi vibrassero nella stanza: la notte in aeroporto dove aveva vagato per ore, la ragazza che aveva avuto paura di lui, il whiskey, l'onda anomala che aveva spazzato via un'intera costa, gli schermi che mandavano le stesse immagini a ripetizione, la sigaretta tremante fumata con un ragazzino francese, la leggerezza oscena della scossa infinita, il francese che tremava più forte della sigaretta, altro whiskey e la luce soffusa dell'aereo, il mondo nero e muto a diecimila metri sotto di lui, la porta di un bagno. Lasciò che tutte le immagini scivolassero via, le osservò salire come palloni aerostatici e si addormentò in pace, un senso di pace all'idea che l'effetto del suo amuleto non fosse mai finito, che anzi si fosse propagato nell'aria e che le persone e i gesti e la realtà stessa sgorgassero sotto i suoi occhi da un unico, lunghissimo sogno.

Anna arrivò nel pomeriggio e rimase fuori dalla porta della sua stanza per un tempo che all'infermiera sembrò incomprensibile.

Aveva saputo del ricovero di Leo dal padre, che dopo l'assoluzione aveva ripreso il lavoro e i suoi contatti con raddoppiata arroganza, quella di chi sente di aver subìto un'ingiustizia.

«Non potrebbe ricevere visite» le aveva detto «ma Klinger farà un'eccezione. Sai, tra colleghi...». Eccola di nuovo, quella parola, tornata al posto giusto.

Poi aveva aggiunto che, a suo modesto parere, Leo era meglio lasciarlo perdere, ma Anna a quel punto aveva finto che fosse caduta la linea.

«Entri pure, cosa aspetta?» l'aveva rimbrottata l'infermiera. Era abituata a relazionarsi con i depressi e quindi trattava tutti come se fossero bambini da sgridare.

Anna si fece coraggio e aprì la porta.

La stanza era avvolta nella penombra striata delle tapparelle e Leo era a letto, si poteva intravedere la sagoma del suo corpo sotto il lenzuolo leggero.

Dormiva.

Anna si sentì sollevata, perché avrebbe avuto il tempo di calmarsi e prendere le misure, decidendo, per esempio, dove sedersi e di cosa parlare.

Valutò se appoggiarsi ai piedi del letto, ma si sentì lugubre; si sedette sul letto gemello, vuoto e intatto, ma le venne il sospetto che trovarla lì, come un'altra paziente, lo avrebbe confuso. Avvicinò al letto di Leo l'unica sedia che c'era nella stanza, valutando bene la distanza: né troppo vicina, né troppo lontana.

Di cosa parlare: di come stava. Di cos'era successo in Giappone. Di cosa poteva fare per lui, se poteva fare qualcosa. O avanzare la regina madre di tutte le domande: *Cosa farai uscito da qui?* La ricacciò indietro, il futuro era un'arma impropria.

Lo sapevano anche i medici: il vuoto che seguiva la dimissione era un orizzonte da tenere lontano, in un futuro il più sfumato possibile. Era dovuta a questo, forse, la strana euforia che Leo provava durante i ricoveri. Quello delle cliniche era un tempo sospeso, caritatevole, una zona franca tra la vita e la morte.

Leo mosse una gamba, poi la testa, e il suo respiro cambiò. Era ancora distante, dentro il torpore dei farmaci. Anche da quello avrebbe dovuto uscire, prima o poi.

Anna cercò sul volto addormentato i tratti familiari, ma c'era qualcosa di estraneo e non riusciva a capire se l'estraneità fosse in lui o nel proprio sguardo. Le era difficile vederlo davvero, perché Leo, ai suoi occhi, era rimasto il ragazzo della prima volta e le sembrava così anche adesso, ancora fermo nell'età dorata che precede la vita dei grandi. Aveva rughe nuove sul viso e dal collo della maglietta spuntava il tratto nero di un tatuaggio che lei non riusciva a ricordare bene: sembrava un petalo, un uncino o la pinna di un pesce che stava già sbiadendo. Sarebbe invecchiato insieme a lui, nel paradosso delle cose indelebili.

Appoggiò una mano su quella di Leo e si accorse di avere improvvisamente paura che si svegliasse, paura di quello che le avrebbe detto, di trovarlo uguale a prima o troppo diverso.

Gli lasciò la mano e andò verso l'armadio. A terra c'era una sacca vuota, dentro un paio di jeans e due magliette piegate. Quella rossa se la ricordava. C'era anche una camicia bianca appesa, Anna istintivamente la toccò e se la portò al viso per sentirne l'odore. Fu come aprire un piccolo varco, da cui intravide l'immagine di un abbraccio, un bacio, senza saper dire con certezza se fosse un ricordo o un sogno.

Richiuse l'armadio e tentò un colpo di tosse, ma Leo non dava segno di volersi svegliare. Decise di andarsene, sarebbe tornata il giorno successivo, o quello dopo, o forse avrebbe aspettato che uscisse per vederlo fuori da lì, sulle sue gambe.

Estrasse dalla borsa una grande busta bianca, in fondo era andata lì solo per portargli quella. Cercò una penna e la trovò sul comodino, accanto a un bloc-notes con il logo della clinica. Un gadget da catena alberghiera, più che da ricovero psichiatrico; ma forse ai pazienti servivano fogli su cui scrivere pensieri, appunti, lettere. A chi avrebbe potuto scrivere Leo? Chi c'era, a parte lei, ad aspettarlo?

Scrisse *LEO* in maiuscolo sulla busta e rimase con la penna a mezz'aria, come per aggiungere qualcosa, ma si limitò a tirare una riga sotto il nome.

Appoggiò la busta sul letto, poi pensò che sarebbe potuta scivolare e allora la mise sul comodino, accanto alla bottiglia dell'acqua. Era quasi vuota, la posò in terra e ne cercò una nuova. Eccolo lì, il minibar, del tutto simile ai molti minibar dei molti alberghi dov'erano stati insieme, tranne che per il contenuto. Niente bottigliette colorate, nessun brivido, nessuna lusinga: due acque naturali, due acque frizzanti. Ne prese una a caso e la mise sul comodino accanto a Leo. Poi fece per uscire, ma pensò che il buio in cui stava precipitando la stanza avrebbe potuto spaventarlo, se si fosse svegliato. Accese una lampada nell'angolo, ma la luce era troppo forte e allora la spense e accese solo quella del bagno. Gli sistemò le coperte e ne aggiunse una, quella piegata sul letto gemello, ma era troppo, si moriva di caldo, e allora la tolse di nuovo. Poi si rese conto che non c'era modo di proteggerlo davvero da nulla, tantomeno dalla notte, dalla solitudine, dalla ferocia del tempo, quindi raccolse la sua borsa e uscì dalla stanza.

Dalla finestra, oltre il cedro centenario che sfiorava la facciata della clinica, si poteva vedere il piccolo aeroporto di Agno, con i nastri grigi delle piste d'asfalto tra i prati. Gli aerei privati in attesa. Di tanto in tanto un atterraggio, un decollo. Leo trovava che ci fosse qualcosa di ironico in quella vista che faceva pensare alla libertà e alla vastità del mondo, come a sfidare i pazienti reclusi, nella maggior parte dei casi per propria scelta.

L'infermiera giovane, quella carina, entrò nella stanza e lo guardò in tralice per via del fumo azzurrino che ancora gli aleggiava intorno.

«Non si fuma qui» disse senza severità.

«Ma io sono stato dimesso» rispose Leo.

«Non ancora» disse lei sorridendo e a Leo sembrò di intravedere un po' di nostalgia. Pensò che alle infermiere giovani e carine doveva dispiacere quando andavano via certi pazienti. A lui dispiaceva eccome uscire dalle cliniche, non aveva mai capito quelli che avevano fretta di tornare a casa.

«Ha preso tutto?» gli chiese l'infermiera, e Leo si era reso conto di avere davvero poco. Perdere tutto era sempre stato il più spiccato dei suoi talenti. Annuì lo stesso.

«Mi segua, allora».

Leo vide la busta a suo nome sul comodino, la afferrò cercando di ricordare di cosa si trattasse e seguì l'infermiera lungo il corridoio, poi dentro l'ascensore, senza staccarle gli occhi di dosso. Cercava il suo sguardo ma lei lo evitava accuratamente, preferendo concentrarsi sui terribili zoccoli di gomma traforata che aveva ai piedi. Era imbarazzo? No, Leo conosceva bene quella tensione.

«Non si preoccupi» disse Leo. «Anche lei mi fa paura».

L'assistente del primario lo aspettava fuori dall'amministrazione, portandogli in dote le ricette per la terapia farmacologica, i numeri d'emergenza, le date dei controlli.

«Torna subito a Milano?» gli chiese.

L'idea di Milano paralizzò Leo.

«No» rispose. «Starò un po' qui in zona, nella casa al lago appena fuori Lugano».

«Meglio, così è più vicino».

Leo sentì puzza di profezia.

«A presto» disse Leo.

«Speriamo di no» rispose l'assistente stringendogli la mano. Nel vederlo allontanarsi, pensò che avrebbe voluto conoscerlo meglio. Nei tre ricoveri trascorsi, Leo gli aveva portato da studiare l'alcol, le anfetamine, i sonniferi e uno spettacolare disturbo dell'umore. Ma del vero Leo, ancora, non si era visto niente. Avevano la stessa età.

Solo a casa si ricordò della busta.

Conteneva una serie di opuscoli. Inizialmente Leo pensò che si trattasse di una specie di pubblicità e trovò curioso che pensassero di pubblicizzare la clinica.

Ma guardando meglio si accorse che parlava di tutt'altro: Alcolisti Anonimi, Narcotici Anonimi, Dodici Passi. C'era anche una mappa della zona con triangolini rossi che indicavano le sedi e, in calce, gli orari delle riunioni. La sua attenzione fu catturata da un elenco numerato di trenta domande a cui si poteva rispondere segnando la casella del sì o del no.

Era un test, dal titolo cristallino: SEI ALCOLISTA?

1) SOFFRI DI VUOTI DI MEMORIA DOPO AVER BEVUTO?

2) BEVI DI NASCOSTO?

3) PENSI FREQUENTEMENTE ALL'ALCOL?

4) BEVI I PRIMI BICCHIERI FRETTOLOSAMENTE?

5) A CAUSA DEL BERE HAI SENSI DI COLPA?

6) EVITI NEI DISCORSI ALLUSIONI ALL'ALCOL?

7) DOPO IL PRIMO BICCHIERE PROVI UN'IRRESISTIBILE SMANIA DI BERE ANCORA?

8) TROVI PRETESTI PER BERE?

9) MOSTRI UN COMPORTAMENTO PARTICOLARMENTE AGGRESSIVO VERSO IL MONDO CHE TI CIRCONDA?

10) A CAUSA DEL BERE TI CHIUDI IN TE STESSO?

11) HAI CERCATO PERIODICAMENTE DI VIVERE ASTEMIO?

12) HAI PROVATO UN DETERMINATO METODO PER BERE?

13) HAI FREQUENTEMENTE CAMBIATO POSTI DI LAVORO?

14) REGOLI IL TUO LAVORO E IL TUO MODO DI VIVERE SECONDO L'ALCOL?

15) HAI NOTATO UNA PERDITA DI INTERESSE PER ALTRE COSE CHE NON SIANO L'ALCOL?

16) PROVI UN FORTE SENSO DI PENA PER TE STESSO?

17) L'ALCOL HA CAUSATO PROBLEMI NELLA TUA FAMIGLIA?

18) CERCHI DI ASSICURARTI UNA SCORTA D'ALCOL?

19) TRASCURI LA TUA ALIMENTAZIONE?

20) PER ABUSO DI ALCOL SEI STATO RICOVERATO IN OSPEDALE?

21) BEVI AL MATTINO?

22) HAI MAI BEVUTO PER GIORNI INTERI DI SEGUITO?

23) HAI CONSTATATO UN ABBATTIMENTO MORALE?

24) LA TUA MEMORIA È STATA COMPROMESSA?

25) BEVI CON PERSONE DI LIVELLO MOLTO INFERIORE AL TUO?

26) BEVI OCCASIONALMENTE PRODOTTI ALCOLICI TECNICI (ALCOL DENATURATO)?

27) È DIMINUITA LA TUA COMPATIBILITÀ PER L'ALCOL?

28) HAI NOTATO TREMORE AL MATTINO?

29) IL BERE È DIVENTATA UNA NECESSITÀ?
30) HAI GIÀ AVUTO DELIRIO PER L'ALCOL?

Alcune domande gli sembrarono banali, al limite dell'ingenuità, come la prima (vuoti di memoria?) e la numero 5 (sensi di colpa?). Che dire: due SÌ rotondi.

Altre aprivano ragionamenti e innescavano ulteriori domande.

Alla numero 2 (BEVI DI NASCOSTO?) Leo avrebbe istintivamente barrato il NO, non avendo nessuno a cui rendere conto, condizione che lo rimandava alla numero 17 (L'ALCOL HA CAUSATO PROBLEMI NELLA TUA FAMIGLIA?), ma anche questa era una domanda tendenziosa, non avendo mai costruito una famiglia, e insinuava il sospetto che l'alcol c'entrasse qualcosa con la sua solitudine. E in verità, ripensandoci, gli era capitato di trovare bottiglie nascoste dietro l'armadio o nello sgabuzzino del bagno – ma da chi le avesse nascoste, e quando, e perché, non ricordava – e quindi, incredibilmente, la risposta giusta alla domanda numero 2 era *Sì, bevo di nascosto, di nascosto da me.*

La 16 lo colpì: provava pena per se stesso? Istintivamente barrò la casella del NO, perché ciò che provava per se stesso, in quel preciso momento, era più simile al disprezzo. Ma cos'è, in fondo, la pena, se non una forma di disprezzo rovesciato?

Il limite dei quattro sì, oltre i quali "avete un problema", era stato superato in scioltezza, e Leo si stupì di stupirsene. Non aveva certo bisogno di un test per sapere che aveva un problema con l'alcol.

Scorrendo i Dodici Passi sentì odore di dieci comandamenti, di cui aveva un ricordo vago, a dire il vero, ma che gli sembravano lontani cugini. Erano regole di vita precise e al tempo stesso universali, eppure c'era qualcosa di profondamente diverso: pensò al sesto comandamento, *Non commettere atti impuri*, e lo confrontò con l'ottavo passo, quello che chiede di elencare tutte le persone a cui abbiamo recato danno, ossia gli atti impuri già commessi. Ne dedusse che i comandamenti erano preventivi, come un libretto d'istruzioni da consultare prima di cominciare a giocare, mentre i passi erano retrospettivi, come un manuale di riparazione per il giocattolo rotto. Se i comandamenti erano il navigatore, i Dodici Passi erano il carro attrezzi. Ripensò alla sua vita come a una pistola giocattolo: i dieci comandamenti sarebbero stati nella scatola, gli avrebbero spiegato che andava riempita d'acqua e usata solo all'aperto, magari d'estate; invece lui l'aveva ingolfata di vodka e l'aveva scaricata sui chierichetti in chiesa. E se tutti avevano pensato che fosse solo un cretino, i Dodici Passi erano lì per dirgli che sì, forse era cretino, ma che per fortuna era anche malato, di quella precisa malattia per cui si rompono tutti i giocattoli, a cominciare da quelli che amiamo di più. Gli avrebbero anche spiegato che la pistola si svuota così, che si mette l'acqua al posto della vodka e che si gioca per essere felici insieme, non per uscirne tutti incazzati. Che bisogna imparare ad aspettare l'estate.

Si chiese come mai i comandamenti fossero dieci e invece i passi fossero dodici. Qualcosa era sfuggito, evidentemente, al manuale d'istruzioni. I comandamenti mancanti avrebbero potuto essere *Non rompere le cose che ami* e *Non anelare a ciò che non desideri*. Gli parve di non aver fatto altro in vita sua: infrangere due comandamenti invisibili.

C'era una riunione alle sette a Vezia, un piccolo comune a pochi chilometri da casa. Ci sarebbe andato, ma non voleva farlo da solo.

Dall'ultima volta che aveva digitato il numero di Anna, sul telefono del tedesco a Tokyo, aveva pensato a lei ogni giorno, se giorni si potevano chiamare gli sprazzi di lucidità delle ultime settimane. Lei era stato il suo giocattolo del cuore, quello con cui aveva giocato così tanto e così male da averlo frantumato in mille pezzi. Doveva provare a ripararlo, ma non poteva farlo subito. Intanto avrebbe rivisto Davide.

Lo Zündapp 125 dei suoi sedici anni lo aspettava al solito posto.

Con uno straccio si mise a pulire il manubrio, la sella, il serbatoio e le lettere della scritta.

Girò la chiave nel blocchetto d'accensione e diede un colpo secco al pedale. La moto rispose con un boato antico e Leo si sentì graziato come da una frase d'amore. Uscì dal box e si avviò sotto una pioggia leggera.

Questa cosa di Alcolisti Anonimi gli suonava sensata, da una parte, ma anche totalmente incongrua rispetto alla sua situazione attuale. In ospedale l'avevano ripulito come un neonato, quindi per i Dodici Passi era presto da una parte, e troppo tardi dall'altra.

Avrebbe convinto Davide ad accompagnarlo, così, se anche si fosse rivelata una cosa inutile e patetica, almeno ci avrebbero riso sopra.

Costeggiò il parco Ciani, dove un tempo comprava il fumo, e tirò dritto davanti al portone di un tizio che al liceo procurava pasticche. Avrebbe potuto delineare una mappa dello sballo per chilometri lì intorno, e capì che era tutto da rifare, perché le cose si erano spostate e lui avrebbe dovuto mettere nuovi ricordi al posto di quelli vecchi. Una geografia nuova, era questo che gli serviva.

Fermò la moto davanti al bar, la pioggia iniziava a picchiare, ma aveva un casco e un k-way anche per Davide.

Il vecchio Delio era lì a imprecare contro uno schermo azzurro che riluceva in alto, come una finestra sopra le bottiglie, e si giostrava tra le mani telecomandi diversi senza sapere cosa farne. Leo si sfilò il casco e rimase a gocciolare in mezzo al bar semivuoto. L'unica novità era una macchinetta del videopoker in un angolo, vessata di colpi da un giovane straniero.

Delio si voltò, gli occhiali a mezzo naso e un'espressione sfinita, e fece due passi verso il bancone. Zoppicava. Vide Leo, lo mise a fuoco e allargò gli occhi e poi le braccia come un Cristo in croce con i telecomandi in mano.

«Non ci posso credere! Quanti anni sono...?».

Leo annuì e sorrise, ma non riuscì a rispondere perché ritrovarsi in quel bar, vivo contro ogni pronostico, gli aveva fatto salire un nodo in gola. Pensò addirittura di voltarsi e andarsene, ma aveva già appoggiato il casco sul bancone e preso uno sgabello.

Delio gli afferrò la faccia tra le mani.

«Allora? Dove sei stato?».

Leo non riusciva a smettere di sorridere nemmeno tra le guance strizzate.

«In giro» cercò di dire. «Niente di che».

Non voleva parlare di sé. Non l'avrebbe fatto.

Nonostante gli anni lo avessero appesantito e imbiancato, Delio si muoveva con grazia tra le bottiglie e i bicchieri, e stava già versando due grappe.

«Salute!» disse poi, alzando la propria.

Anche Leo alzò il bicchiere, ma poi lo riappoggiò sul bancone e tirò fuori un pacchetto di sigarette.

«Posso?».

«No. Prima bevi. Io non brindo da solo come un coglione».

Leo disse qualcosa sul fatto che non beveva più, non di giorno, non in moto.

Delio lo guardò e scrollò la testa, mimando una specie di rimprovero. Fece un sorso.

«Che ci fai qui?».

«Sono di passaggio, qualche giorno».

Sono reduce da un ricovero e tra mezz'ora avrei la prima riunione in Alcolisti Anonimi; a proposito, sono qui per trascinarmi dietro quella testa di cazzo di tuo figlio. No, non avrebbe spiegato niente.

Il videopoker ululò e il giovane straniero assestò un paio di pugni ai comandi.

«Lascia perdere!» gli urlò Delio. Poi, a Leo: «Hai visto? Sono arrivati anche qui, i negri».

Il ragazzo, che era a malapena olivastro, tirò su la zip della giacca e salutò Delio con un mezzo sorriso e uno sguardo ambrato che sfiorò anche Leo, ma poi tornò a terra. Uscì dal bar e rimase lì fuori, sotto il porticato, a fumare una sigaretta guardando la pioggia.

«Ma non è *negro*» disse Leo.

«Turco» precisò Delio, annuendo come se li conoscesse a memoria, i turchi. «Ma è negro lo stesso. Il negro è un'idea».

Intanto il negro bianco attraversava la piazza deserta, curvo sotto la pioggia.

Delio studiò Leo in silenzio mentre si accendeva la sigaretta.

«Non ti trovo per niente bene».

«Ho avuto qualche casino» disse Leo, sfiorando il bordo ammaccato di un posacenere. «Mi sono beccato il terremoto in Giappone» aggiunse, tirandosi addosso il terremoto come una coperta calda. «Ne avrai sentito parlare, immagino».

«Cristo, se ne ho sentito parlare». Non lo mollava un attimo, con lo sguardo ingombrante di chi vede più di quanto vorresti. «Dev'essere stato un incubo».

Leo alzò le spalle e cercò una definizione giusta, o in qualche modo vera, di quei giorni a Tokyo, ma gli sembrarono lontanissimi e irreali.

«E la Milena come sta?» chiese Delio. Possibile che ci pensasse ancora?

La Milena, la sua tata vicentina, aveva fatto girare la testa a Delio e a molti altri nelle estati passate al lago. Non aveva concesso gioie a nessuno, però, o questa almeno era la versione ufficiale, quella a cui Leo voleva strettamente attenersi.

«Credo stia bene» disse Leo. «Dovrei chiamarla».

Erano passati più di vent'anni dall'ultima volta che l'aveva vista, forse era anche morta, chissà, eppure Delio ancora chiedeva di lei. Forse qualche gioia, a ben vedere, l'aveva concessa.

Delio vuotò la grappa.

«E Davide?» chiese Leo.

Davide era stato il suo amico del cuore fin da piccoli, e poi compagno delle prime uscite e dei primi sballi. Erano stati fratelli, in qualche modo. Anzi, più che fratelli, perché si erano scelti tra tutti e perché negli anni avevano compensato il sangue nelle vene con fluidi più nobili e più astratti. Avevano condiviso quell'età fragile in cui tutto quello di cui hai bisogno è un alleato e avevano finito con l'assomigliarsi sempre di più.

Delio, che non aveva mai fatto distinzioni tra il figlio suo e i figli degli altri, li aveva presi tutti e due a calci in culo, sistematicamente e con tenacia, per diversi anni. A Leo spesso era sembrato che i calci più sonori fossero riservati proprio a lui, forse perché lui un padre non ce l'aveva più, e Delio s'era messo in testa di fare per due.

«Dov'è, Davide?».

Delio lo fissò con uno sguardo nuovo, uno scarto minimo nell'immobilità assoluta.

«Allora non lo sai» disse, e si voltò a prendere un'altra bottiglia.

«No» disse Leo. «Cosa dovrei sapere?».

E poi ci volle il tempo di bersela tutta. Né più, né meno.

L'asfalto spariva veloce sotto la moto.

«Aspetta che spiova» gli aveva detto Delio, ma Leo non aveva risposto, aveva preso il casco e cercato una stretta di mano o un contatto qualsiasi. C'era stato un abbraccio imbarazzato, l'unico possibile. Da dietro la vetrina del bar, Delio l'aveva guardato risalire sulla moto. L'avrebbe ricordato per sempre così, alto, bagnato e vivo.

Leo piegò la moto in curva e sentì il godimento di un'inclinazione perfetta. Ripensò alla prima volta che erano caduti, lui e Davide, sull'ultimo tornante appena prima di casa: una buca, una sbandata e poi un volo improvviso, un soffio, la moto che scivolava via e loro due a terra, a pancia in giù, immobili.

Avevano alzato la testa e si erano cercati a vicenda, col fiato sospeso.

Se sta bene lui sto bene anch'io, avevano pensato entrambi.

Poi Davide aveva sorriso e le sue labbra si erano tinte di sangue, ma era solo un taglio leggero, una cosa da niente, che avrebbe lasciato una cicatrice piccola, quasi invisibile.

L'avevano usato mille volte, lo Zündapp, lui e Davide, a tirare tardi in giro per rimandare il momento di tornare a casa. Chi aveva acceso la prima canna? Leo non ricordava. Ricordava però una sera, sdraiati sul tetto di un capannone, con i Pink Floyd alla radio e il cielo enorme sopra di loro, ma anche sotto. «È il sotto che mi manda fuori» aveva detto Davide, e poi erano rimasti in silenzio. *Hello, hello, hello – is there anybody out there?*

Dopo l'erba erano arrivate le polveri e le pastiglie e le notti in bianco a cercare Davide dappertutto. «Dopo che tu sei andato a Londra» aveva detto Delio.

Il gioco, i debiti, le piazze degli slavi, le siringhe sotto il letto, il vomito. E le botte, botte inutili, «Ma gliele ridarei tutte» aveva detto lui.

«Non me l'hanno neanche riportato a casa» era stata la sua ultima frase sull'argomento.

Leo era rimasto zitto, lo aveva solo ascoltato seguendo i disegni che può fare il dolore su una faccia. Non gli aveva detto che a Londra, lui, non c'era mai andato, e che invece dopo l'ennesimo collasso era finito in comunità per due anni, perché polveri e pastiglie erano arrivate molto prima di quanto Delio immaginasse. Ma dire qualsiasi cosa adesso sarebbe stato inutile, quasi crudele, e non gli disse nulla nemmeno di quella volta, tre o quattro anni prima, che era tornato in zona e aveva chiamato Davide.

Si erano visti, una sera sola, un'ora, fuori dal bar a fumare una sigaretta e a cercare di parlare di qualcosa senza sapere più di cosa. Avevano parlato di qualche vecchio amico, di quello che era diventato dentista e di quello che era entrato in politica. La più carina della compagnia aveva avuto due gemelli, a cui aveva dato nomi strani. *E noi? Cosa abbiamo fatto noi?*

Davide gli era sembrato un fantasma, un'allucinazione, le mani distrutte e i denti piccoli, fragili come denti da latte, ma morti. Si era immaginato Davide attaccato con quei denti inutili all'unico nutrimento rimasto, e non gli aveva chiesto niente perché aveva avuto paura.

Si erano separati in fretta e ora Leo ricordava perfettamente il sollievo che aveva provato nell'accendere la moto e allontanarsi da Davide. Lasciando la piazza aveva gettato un ultimo sguardo nel retrovisore e l'aveva visto rimpicciolire, immobile nello spazio e nel tempo. Già quella sera – se ne rendeva conto solo adesso – aveva percepito un senso di morte. E ora, nel sapere che Davide era morto davvero, che dimensione aveva quel pensiero? Quale forma, quale luogo preciso dentro di sé? Un buco, una vertigine, una musica lontana.

Nel viale profilato di lampioni, nell'alternarsi sempre più veloce di luce e buio, Leo vide sfilare sulla strada la propria ombra, una creatura nera e mutevole che gli andava incontro gigante, poi si faceva più piccola e infine svaniva alle sue spalle, per tornare e tornare di nuovo. Pensò che Davide era diventato proprio così, un'ombra fuggevole che si sarebbe portato dentro per sempre.

All'indirizzo indicato c'era una porta.

Sulla porta un triangolo con in mezzo una doppia A.

Cosa avrebbe trovato lì dentro?

Dall'opuscolo sembrava semplice: un giorno alla volta, programma, affidamento.

E se fosse stata una setta? Leo non sapeva pregare.

Aveva sentito dire che anche da queste riunioni si poteva diventare dipendenti. Che c'era gente che iniziava e non smetteva più.

Ma non era poi questo che aveva fatto per tutta la vita, cercare qualcosa o qualcuno a cui attaccarsi? Anche contare fino a dieci è una preghiera.

Nasciamo attaccati a un cordone e moriamo attaccati a una flebo. Tutto qui? Questo pensiero gli diede conforto, perché la vita in mezzo gli parve improvvisamente semplice da capire, era solo un librarsi da un sostegno all'altro, come trapezisti nel buio, staccando le mani solo per un soffio. Davide aveva mancato la presa, ma Anna era ancora lì, la sentiva vibrare nell'ombra.

Un tizio aprì la porta.

«Ciao, benvenuto» disse. «Io sono Edoardo. Iniziamo».

Leo esitò. Si voltò indietro come a salutare qualcuno, ma non c'era nessuno, e allora lo seguì, sentendosi per un attimo senza sostegni, sospeso nel soffio tra una vita e un'altra.

RINGRAZIAMENTI

Voglio ringraziare Giacomo Papi, il primo a “vedere” questo libro, Alessandro Rabolini e la Scuola Belleville.

Raul Montanari, per i preziosi insegnamenti dei suoi corsi.

Il gruppo di “Di lavoro, leggo” a Reggio Emilia, per l’entusiasmo e gli spunti, Eugenia Dubini e tutta NNE per l’accoglienza e il lavoro di squadra, Serena Daniele per il titolo e Alessandra Mascaretti per l’attenzione e la cura. Grazie anche a Martino Baldi per la prima prova generale di pubblico al Festival di Pistoia.

E poi ringrazio Gabri e insieme a lei tutto il popolo delle ventiquattro ore, in ogni luogo e in ogni tempo. Infine ringrazio la mia tribù: Tomaso e Giacomo per quello che abbiamo condiviso e per cui non basterebbero mille libri; Federico per gli anni meravigliosi, ma anche per la consulenza calcistica, e con lui Verde, Sole e Olimpia. E grazie ad Assia, la bambina magica.

INDICE

LE PAGINE BIANCHE DI NN

Irene, Anna, Leo, Chiara hanno sete d'amore, e lo cercano così tanto da perdersi.

La parola magica ci porta dritti nel labirinto delle dipendenze: segui il filo dei tuoi pensieri e trova il prossimo libro per te.

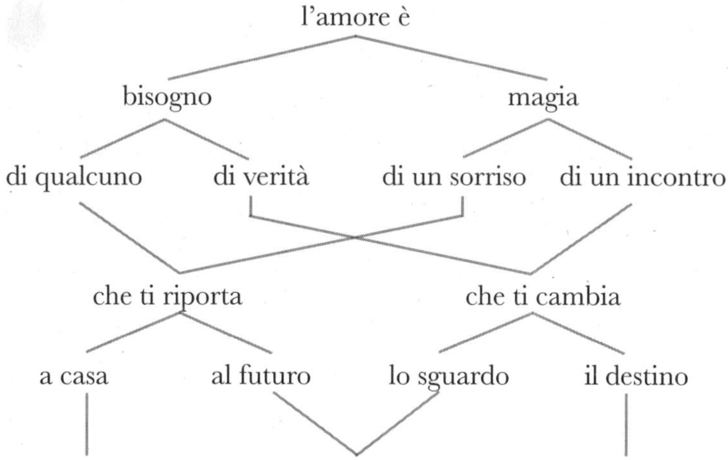

IL TUO LIBRO È

Questo libro è per chi ama avvicinarsi ai quadri così da cogliere la consistenza del colore e la direzione del pennello, per chi adora cenare a base di salame, formaggio, pane e Lambrusco, per chi rincorre il profumo della neve, e per chi sa che a volte il tempo per le parole è un tempo sbagliato e allora sceglie di tacere aspettando di tornare al mare.

IL TUO LIBRO È

Questo libro è per chi invidia le donne delle sorelle Brontë, che con pazienza aspettano di essere salvate, per chi si è dato alla fuga sentendosi dedicare *I just called to say I love you*, per chi pensa che la birra sia un frullato di cereali, e per chi vorrebbe trovare un piccolo rifugio quotidiano, un attimo di sospensione per guardare al futuro e ricominciare.

IL TUO LIBRO È

Questo libro è per chi si è imbucato a una festa almeno una volta nella vita, per chi ricorda le trame dei film ma dimentica i titoli, per chi ha colpito il bersaglio con un lancio insospettabilmente perfetto, e per i ghiacciai della Driftless Area, che hanno alzato la loro fronte azzurra e guardandosi intorno si sono separati con l'accordo di ritrovarsi più a sud.

FINITO DI STAMPARE NEL MESE DI FEBBRAIO 2020
PRESSO CONSORZIO ARTIGIANO LVG (AZZATE)

Printed in Italy